악마와 미스 프랭

O DEMÔNIO E A SRTA. PRYM
by Paulo Coelho

Copyright ⓒ Paulo Coelho, 2000
Korean Translation Copyright ⓒ MUNHAKDONGNE Publishing Corp., 2003

This Korean edition is published by arrangement with
Sant Jordi Asociados, Barcelona, Spain(www.santjordi-asociados.com)
through Sybille Books Literary Agency, Seoul, Korea.
All Rights Reserved.
www.paulocoelho.com

이 책의 한국어판 저작권은 시빌 에이전시와
스페인 Sant Jordi Asociados 에이전시를 통해 저자와 독점 계약한 (주)문학동네에 있습니다.
저작권법에 의해 한국 내에서 보호를 받는 저작물이므로
무단 전재 및 무단 복제를 금합니다.

이 도서의 국립중앙도서관 출판예정도서목록(CIP)은
서지정보유통지원시스템 홈페이지(http://seoji.nl.go.kr)와
국가자료종합목록 구축시스템(http://kolis-net.nl.go.kr)에서 이용하실 수 있습니다.
(CIP제어번호: CIP2004000310)

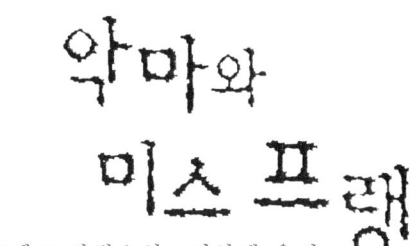

파울로 코엘료 장편소설 · 이상해 옮김

문학동네

유다의 지도자 한 사람이 예수에게 물었다.
"선하신 스승님, 영생을 누리려면 어떻게 해야 합니까?"
예수가 그에게 대답했다.
"왜 날 선하다고 하느냐? 오로지 하느님만이 선하시니라."

「누가복음」 18장 18~19절

일러두기

1. 본문 중의 주석은 모두 옮긴이주입니다.
2. 고딕체는 원서에서 강조한 부분입니다.

1

늙은 베르타는 거의 15년 전부터 매일 자기 집 문 앞에 나와 앉아 있었다. 베스코스의 주민들은 노인들이 그렇게 하염없이 앉아 무엇을 하는지 잘 알고 있었다. 그들은 과거를, 젊음을 꿈꾸고, 더 이상 그들의 것이 아닌 세상을 바라보고, 이웃들과 나눌 얘깃거리를 찾는다.

하지만 베르타에게는 거기 그렇게 앉아 있을 이유가 있었다. 그리고 그날 아침, 그 이방인이 가파른 비탈을 올라 마을에 하나밖에 없는 호텔을 향해 가는 것을 본 그녀는 자신의 기다림이 마침내 끝났다는 것을 알았다. 색 바랜 옷, 조금은 긴 머리카락, 텁수룩한 턱수염, 그는 그녀가 종종 상상하던 모습은 아니었다.

하지만 그는 자신의 그림자를 대동한 채 오고 있었다. 악마가 그를 따라오고 있었던 것이다.

'남편 말이 맞았어.' 그녀는 속으로 생각했다. '내가 여기서 지키고 있지 않았더라면 아마 아무도 몰랐을 거야.'

나이를 알아맞히는 것은 그녀의 특기가 아니었다. 그녀가 보기에 그는 마흔 살에서 쉰 살 사이로 보였다. '젊은 놈이군.' 노인들이 흔히 평가하는 방식대로 그녀는 생각했다. 그녀는 그가 마을에 얼마나 머물지 궁금했다. 오래 머물 작정은 아닌지 작은 배낭만 하나 달랑 메고 있었다. 어쩌면 단 하룻밤만 묵고 그녀가 모르는, 그리고 그녀와 아무 상관도 없는 운명을 향해 다시 길을 나설지도 모를 일이었다. 그래도 집 문턱에 앉아 그 숱한 세월을 헛되이 보낸 것은 아니었다. 오랫동안 곁에 두고도 주의를 기울이지 않았던, 그곳에서 태어난 그녀가 아름다움을 느끼기에는 너무나 익숙했던 풍경인, 산의 아름다움을 바라보는 법을 배웠으니까.

예상대로 그는 호텔로 들어갔다. 베르타는 아무래도 신부를 찾아가 이 달갑지 않은 방문에 대해 얘길 해줘야겠다고 생각했다. 하지만 신부는 분명 그녀의 말에 귀기울이지 않을 것이다. '노인네들은 정말 엉뚱한 생각만 한다니까' 하고 묵살할 게 분명했다.

'좋아, 이제 무슨 일이 벌어지는지 보러 가자. 폭풍우, 토네이도, 눈사태가 단 몇 시간 만에 2백 년의 풍상을 견딘 나무들을 무

너뜨리듯 악마가 마을을 풍비박산 내는 데엔 그리 많은 시간이 필요치 않을 거야.'

그 순간 갑자기 그녀는 베스코스에 악마가 도착했다는 사실을 아는 것만으로는 삶의 흐름을 조금도 바꿔놓지 못한다는 것을 깨달았다. 매 순간 악마들은 느닷없이 나타나서는 훌쩍 가버리지만 그들이 존재한다고 해서 반드시 세상이 방해를 받는 것은 아니다. 그들은 때로는 단지 무슨 일이 벌어지고 있는지 보기 위해, 때로는 이런저런 영혼을 염탐하기 위해 끊임없이 세상을 배회한다. 그러다가도 변덕이 심한 그들은 아무런 논리도 없이, 또는 도전해볼 만한 가치가 있는 싸움의 즐거움에 이끌려 곧잘 표적을 바꾸곤 한다. 그런데 베스코스에는 누군가의 관심을 하루 이상 붙들어둘 만큼 흥미롭거나 특별한 것이 전혀 없다고 베르타는 생각했다. 그 누군가가 암흑의 사자(使者)만큼 중요하고 바쁜 존재일 경우에는 더더욱 그랬다.

다른 생각을 하려고 애썼지만 그 이방인의 이미지는 그녀의 뇌리에서 떠나지 않았다. 조금 전까지만 해도 그토록 맑았던 하늘이 구름으로 뒤덮이기 시작했다.

'별일 아냐. 매년 이맘때쯤에는 늘 그렇잖아.' 그녀는 하늘을 바라보며 생각했다. '이방인이 도착한 것과는 아무 상관도 없어. 그냥 우연의 일치일 뿐이야.'

바로 그때, 멀리서 우르르 쿵쾅 하는 천둥소리가 들려왔다. 천둥소리는 연달아 세 번 더 이어졌다. 비가 내릴 조짐이었다. 하지만 마을에 전해내려오는 오랜 전통에 따르면, 그 굉음은 자신의 존재에 무관심해진 인간들에게 불만을 털어놓는 신의 노한 목소리였다.

'내가 뭔가를 해야 할 모양이야. 내가 오래도록 기다려온 일이 마침내 일어났어.'

그녀는 몇 분 동안 주변에서 일어나고 있는 모든 일에 정신을 집중했다. 구름들이 계속 마을 위로 몰려들고 있었지만 더이상 아무 소리도 들리지 않았다. 그녀는 전통과 미신, 특히 옛날에 이곳을 지배했던 고대 켈트 문화에 뿌리를 박고 있는 베스코스의 전통과 미신은 조금도 믿지 않았다.

'천둥은 자연현상일 뿐이야. 신이 인간들에게 뭔가 할말이 있다면, 저렇게 우회적인 방법을 사용할 리가 없어.'

이런 생각이 그녀의 뇌리를 스쳐 지나가자마자 이번에는 아주 가까운 곳에 벼락이 떨어지는 굉음이 울려 퍼졌다. 베르타는 자리에서 일어나 의자를 들고 비가 떨어지기 전에 집 안으로 들어갔다. 갑자기 이해할 수 없는 두려움이 그녀의 가슴을 짓눌렀다.

'어떡하지? 그 이방인이 어서 이곳을 떠났으면.'

그녀는 간절히 기원했다. 그녀는 이제 너무 늙어 스스로를 도울 수도, 마을을 도울 수도 없었다. 정말 도움이 필요하다면 그녀보다 훨씬 젊은 누군가를 선택했을 전능하신 하느님을 도울 수도 없었다. 이 모든 것은 말도 안 되는 헛소리, 할 일 없는 남편이 시간을 보내기 위해 지어낸 이야기에 불과했다.

하지만 악마를 본 것, 아! 그녀는 그것에 대해서는 털끝만큼의 의심도 품지 않았다. 그녀는 순례자처럼 차려입은 악마의 생생한 모습을 두 눈으로 똑똑히 본 것이다.

2

 호텔은 지역 특산물 판매점, 지역 전통요리를 내놓는 레스토랑, 그리고 베스코스의 주민들이 모여 궂은 날씨를 탓하고 젊은이들이 마을에 관심이 없다는 둥 늘 똑같은 불평을 늘어놓는 바(bar)를 겸하고 있었다. 90일이라는 짧은 기간에 땅을 갈고, 씨를 뿌리고, 곡식이 여물 때까지 기다리고, 추수하고, 건초를 곳간에 넣고, 양을 치고, 양털을 깎는 등의 일을 모두 끝내야만 하는 그들은 '겨울 아홉 달에 지옥 석 달'이라고 말하곤 했다. 주민들은 모두 자신이 한물간 지역에서 뼈빠지게 일하며 살아가고 있다는 사실을 잘 알고 있었다. 하지만 그들 자신이 몇 세기 전부터 그 산 속에 파묻혀 살아온 농부와 목동의 마지막 세대가 되고 말리라는 것을 기정사실로 받아들이는 것은 쉬운 일이 아니었다. 곧 기계들이 들어올 것이고, 가축들은 다른 지역에서 특수 사료로 길러질 것이며, 마을 또한 외국에 본사를 두고 있는 대기업에 팔려 스키장으로 변하고 말 것이다. 그 지역의 다른 마을들이 이미 그렇게 변해가고 있었다. 하지만 오랜 세월 그곳에서 살아왔고, 끝까지 싸우는 것이 얼마나 중요한지 가르쳐준 조상들에게 진 빚이 있었기에 베스코스 주민들은 거세게 저항했다.

이방인은 호텔 숙박부를 주의 깊게 들여다보며 그것을 어떻게 채울지 결정해갔다. 마을 주민들은 그의 말투를 듣고 그가 남미의 어떤 나라에서 왔다는 것을 알아차릴 터였다. 그는 아르헨티나 축구팀을 몹시 좋아했기 때문에 그 나라를 택했다. 남미 사람들이 중요한 거리에 이웃 나라의 이름을 붙임으로써 서로 경의를 표하는 습관이 있음을 알고 있었던 그는 주소를 기입하는 곳에 '콜롬비아 가(街)'라고 적어넣었다.

다음은 이름을 택할 차례였다. 그는 지난 세기의 유명한 테러리스트의 이름을 선택했다…….

베스코스의 주민 281명이, 아르헨티나에서 태어났고 부에노스아이레스의 평화로운 콜롬비아 가에 집이 있는 카를로스라는 한 이방인이 마을에 도착했다는 사실을 모두 알게 되는 데는 두 시간도 채 걸리지 않았다. 그것은 작은 마을의 장점이기도 했다. 특별히 노력을 기울이지 않아도 마을에서 일어나는 일들을 시시콜콜 금방 알 수 있으니 말이다.

또한 그것은 이방인의 의도이기도 했다.

그는 자기 방으로 올라가 배낭을 비웠다. 옷가지 몇 벌, 전기 면도기, 여벌의 신발 한 켤레, 감기를 예방하기 위한 비타민들, 두툼한 메모용 수첩, 그리고 2킬로그램짜리 금괴 열한 개. 금괴 때문에 긴장한데다 그것들을 짊어지고 여기까지 오느라 녹초가 된 그는 금세 잠이 들었다. 하지만 그 전에 문에 의자를 받쳐 단단히 막아두는 것을 잊지 않았다. 베스코스의 주민 281명이 모두 믿을 만한 사람들이라는 것을 잘 알고 있으면서도 말이다.

이튿날, 아침식사를 하고 세탁할 옷가지들을 호텔 접수계에 맡긴 그는 금괴들을 다시 배낭에 넣고 마을 동쪽에 있는 산을 향해 출발했다. 도중에 그가 만난 주민은 단 한 사람, 자기 집 앞에 앉아 호기심 가득한 눈길로 그를 관찰하는 노파뿐이었다.

그는 숲속으로 들어가 곤충, 새, 그리고 앙상한 가지를 후려치는 바람 소리가 귀에 익을 때까지 기다렸다. 그런 장소에서는 숨어서 엿보는 사람이 있어도 눈치챌 수 없다는 걸 잘 알고 있었다. 거의 한 시간 동안 그는 꼼짝도 하지 않고 주변의 낌새를 살폈다.

설사 숨어서 지켜보던 사람이 있었다 하더라도 기다리다 지쳐 자리를 뜰 만큼 시간이 흘렀을 때, 그는 Y자 형태의 바위 더미 근처에 구멍을 파고 금괴 하나를 묻었다. 그는 좀더 높은 곳으로 올라가 마치 자연을 바라보며 깊은 명상에 잠긴 듯한 자세로 또 한 시간을 흘려보냈다. 그러고는 독수리 형상의 바위 하나를 골라 두번째 구멍을 파고 나머지 금괴 열 개를 묻었다.

돌아오는 길에 그가 처음 만난 사람은 개천가─그 지역에는 눈이 녹아 흘러내리며 생긴 간헐천이 무수히 많았다─에 앉아 있는 젊은 여자였다. 책을 읽고 있던 그녀는 고개를 들어 그를 흘끗 쳐다보고는 다시 독서에 몰두했다. 분명 낯선 사람에게 절대 말을 걸어서는 안 된다고 어머니한테 배웠을 터였다.

하지만 낯선 곳의 사람들과 친해지려고 애쓰는 것이 이방인들의 특권이었다. 그는 그녀에게 다가갔다.

"안녕하세요. 이맘때 날씨 치곤 좀 더운 편이죠."

그녀가 고개를 끄덕였다.

이방인이 다시 말했다.

"보여줄 게 있으니 같이 좀 가줬으면 좋겠는데……"

제대로 교육을 받고 자란 그녀는 책을 내려놓고 악수를 청하며 자기소개부터 했다.

"전 샹탈이라고 해요. 저녁에는 당신이 묵고 계시는 호텔 바에서 일하죠. 어제 저녁식사를 하러 내려오지 않으셔서 이상하다고 생각했어요. 호텔은 방을 빌려주는 것뿐만 아니라 손님들이 소비

하는 모든 것으로 수입을 올리거든요. 당신은 카를로스라는 아르헨티나 사람이고 콜롬비아 가에 사시죠. 사냥 시즌이 아닐 때 이곳에 오는 사람은 늘 호기심의 대상이 돼요. '희끗희끗한 머리카락, 산전수전 다 겪은 사람의 눈매, 대략 쉰 살 정도의 남자.' 이미 마을 사람들 모두 알고 있어요. 그리고 초대는 고맙지만 전 이미 베스코스의 경치를 상상할 수 있는 모든 각도에서 빠짐없이 구경했는걸요. 도리어 구경하지 못하신 곳들을 제가 안내해드리는 편이 나을 것 같은데, 할 일이 있으신 것 같아서요……"

"난 쉰두 살이고, 카를로스는 가명이오. 내가 숙박부에 기입한 정보들은 모두 가짜요."

샹탈은 뭐라고 대꾸해야 할지 몰랐다. 이방인이 말을 이었다.

"내가 당신에게 보여주고자 하는 것은 베스코스의 경치가 아니라 당신이 여태 한 번도 본 적이 없는 것이오."

남자를 따라 숲속으로 들어갔다가 흔적도 없이 사라져버린 처녀들의 이야기를 수도 없이 읽은 그녀는 순간 두려움에 사로잡혔다. 하지만 모험심이 발동하자 두려움은 이내 사라져버렸다. 방금 자기 입으로 온 마을이 그의 존재를 알고 있다고 말했으니, 그가 숙박부에 기입한 정보들이 사실이 아니라고 할지라도 감히 그녀를 어떻게 하지는 못할 것이다. 게다가 그녀가 두려워하는 일들은, 그녀가 읽은 소설들에 따르면, 밤에만 일어났다.

"당신은 누구시죠? 방금 말씀하신 것이 사실이라면 제가 당신을 허위기재로 경찰에 고발할 수도 있다는 걸 알아두세요!"

"뭐든 다 대답해줄 테니 우선 나와 함께 갑시다. 아가씨에게 뭔가를 보여주고 싶어서 그래요. 여기서 오 분도 채 안 되는 거리에 있소."

흥분과 두려움으로 가슴이 마구 두근거렸기 때문에 샹탈은 책을 집어들고 심호흡을 하며 속으로 기도를 올렸다. 그러고는 자리에서 일어나 이방인을 따라나섰다. 그녀는 이번에도 낙심할 거라고 확신했다. 늘 약속으로 가득한 만남에서 시작해 불가능한 사랑에 대한 꿈의 메아리로 끝이 나곤 했던 것이다.

Y자 형태의 바위까지 기어오른 남자는 금괴가 묻혀 있는 곳을 가리키며 그녀에게 그곳을 파헤쳐보라고 했다.

"손이 더러워질 거예요. 옷도 다 버릴 거고."

샹탈이 말했다.

남자가 나뭇가지를 꺾어 그녀에게 내밀었다. 그 몸짓에 깜짝 놀라 그녀는 그가 시키는 대로 하기로 했다.

몇 분 후, 그녀 앞에 흙이 묻은 누런 금괴가 나타났다.

"금덩이 같네요."

"맞아요. 내 것이오. 미안하지만 다시 묻어주시오."

그녀는 순순히 그의 말에 따랐다. 남자는 나머지 금괴들을 묻어놓은 곳으로 그녀를 데려갔다. 그리고 그녀에게 땅을 파게 했다. 이번에는 눈앞에 펼쳐진 금의 양이 엄청나 그녀는 놀라움을 감추지 못했다.

"이것 역시 금이오. 이것들도 내 것이오."

이방인이 말했다.

샹탈이 금을 다시 묻으려 하자 그가 그냥 두라고 말했다. 그는 바위 위에 걸터앉아 담배를 피워물고는 지평선을 바라보았다.

"왜 저한테 이것들을 보여주시는 거죠?"

그는 아무 말도 하지 않았다.

"도대체 당신은 누구세요? 여기서 뭘 하시는 거죠? 제가 산 속에 금괴가 묻혀 있다고 사람들에게 말할 수도 있다는 것을 뻔히 알면서 왜 저한테 이걸 보여주시는 거예요?"

"한꺼번에 질문을 너무 많이 하는군요."

이방인은 마치 그녀의 존재를 무시하듯 고개를 들어 산봉우리를 바라보며 대답했다.

"당신을 따라나서면 뭐든 다 대답해주겠다고 약속하셨잖아요."

"약속을 함부로 믿지 말아요. 재물, 영원한 구원, 끝없는 사랑, 세상은 약속으로 가득하오. 어떤 사람들은 자신이 무엇이든 약속할 수 있는 능력을 갖고 있다고 믿고, 또 어떤 사람들은 더 나은 미래를 보장해주는 약속이면 무엇이든 받아들이지. 약속을 하고 지키지 못하는 사람들은 스스로에게 실망하고 무능하다고 느끼기도 하고. 그건 약속에 매달리는 사람들도 마찬가지요."

그가 이야기를 장황하게 늘어놓기 시작했다. 자신의 삶에 대해, 자신의 운명을 바꾸어놓은 밤에 대해, 현실을 받아들일 수 없었기에 매달릴 수밖에 없었던 거짓말에 대해. 그의 이야기는 아직 젊은 샹탈로서는 이해하기 힘든 것이었다.

어쨌거나 샹탈은 나름대로 상황을 이해했다. 여느 중년 남자들처럼 그 역시 젊은 여자와 섹스할 궁리를 하고 있는 것이다. 돈이면 무엇이든 가능하다고 생각하는 사람들, 시골처녀들은 실제로든 상상으로든 다른 곳으로 떠난다는 의미이기만 하면 어떤 제안도 받아들일 만큼 순진하다고 믿는 여느 이방인들처럼 말이다.

그가 처음은 아니었다. 그리고 불행하게도 이렇게 노골적으로 그녀를 유혹하는 사람이 그가 마지막도 아닐 터였다. 다만 그녀는 그가 보여준 금의 양에 혼란스러워하고 있었다. 그녀는 자신이 그만한 가치가 있다고 생각해본 적이 없었다. 그 사실은 그녀를 달뜨게 하는 동시에 두려움에 떨게 했다.

"전 허황한 약속들을 믿을 정도로 어리지는 않아요."

시간을 벌 요량으로 그녀가 말했다.

"하지만 당신은 언제나 약속을 믿었고 지금도 믿고 있소."

"잘못 생각하신 거예요. 전 제가 천국에 살고 있다는 걸 알고 있어요. 전 이미 성서를 읽었고, 가진 것만으로 만족하지 않았던 이브와 똑같은 잘못을 저지르진 않을 거예요."

물론 그것은 사실이 아니었다. 그녀는 은근히 걱정이 되기 시작했다. 이방인이 그녀에게 관심을 잃고 그냥 가버린다면? 사실대로 말하자면, 거미줄을 쳐놓고 숲속에서의 만남을 유도한 건 바로 그녀 자신이었다. 그녀는 그와 함께 잡담이라도 나누기 위해, 어쩌면 또다시 있을지 모르는 달콤한 약속의 말을 듣기 위해, 이루어질 수 있는 새로운 사랑과 돌아올 기약 없는 여행을 며칠만이라도 꿈꾸기 위해 그가 지나칠 만한 장소를 골라 진을 치고 있었던 것이다. 이미 여러 차례 마음의 상처를 입었지만 그래도 그녀는 언젠가는 일생을 함께 할 남자를 만나리라 믿고 있었다. 처음에는 이상적인 배필을 고르려고 했다. 하지만 이제는 시간이 너무 빨리 흐른다고 느꼈고, 데려가겠다는 사람만 있으면 특별한 감정 없이도 얼씨구나 하고 따라나설 준비가 되어 있었다. 그를 사랑하는 법은 천천히 배우면 될 일이었다. 사랑 역시 시간의 문제니까.

남자의 말이 그녀의 생각을 끊었다.

"내가 알고 싶은 것이 바로 그것이오. 우리가 살고 있는 곳이 천국인지 아니면 지옥인지."

아주 좋아. 그가 함정에 발을 들여놓고 있다고 그녀는 생각했다.

"천국에 살고 있죠. 하지만 완벽한 곳도 너무 오래 살면 결국 지겨워져요."

그녀는 첫번째 미끼를 던졌다. 달리 말하자면, 그녀는 '전 자유로워요. 전 당신을 따라나설 준비가 되어 있어요'라고 말하고 있었다. 따라서 그의 다음 질문은 '당신처럼?'일 것이었다.

"당신처럼?"

이방인이 물었다.

그녀는 아무리 목이 말라도 허겁지겁 샘에 뛰어들지 않는 사람처럼 신중해야 했다. 함부로 굴다가는 그가 꽁무니를 뺄지도 모를 일이니까.

"저도 모르겠어요. 어떤 때는 그런 것 같기도 하고, 또 어떤 때는 이곳에 사는 것이 운명이라고, 베스코스를 떠나서는 살 수 없을 거라고 저 자신을 타이르기도 해요."

두번째 단계, 무관심을 가장하기.

"좋아요. 저한테 보여주신 금에 대해선 아무 말씀도 안 해주시는군요. 산책 즐거웠어요. 전 이제 시냇가로 돌아가 책이나 읽을래요."

"기다려요!"

이방인이 덥석 미끼를 물었다.

"물론 왜 이곳에 금을 묻어뒀는지 설명해주겠소. 그럴 작정이 아니었다면 뭐하러 당신을 여기까지 데리고 왔겠소?"

섹스, 돈, 권력, 약속…… 샹탈은 짐짓 놀라운 비밀이라도 알게 되길 기대하는 사람의 표정을 지어 보였다. 남자들은 자신이 우월하다고 느끼는 데서 묘한 쾌감을 얻는다. 하지만 그들은 여자들이 그 속셈을 훤히 꿰뚫고 있다는 것을 모른다.

"경험이 아주 많으실 테니 저에게 가르쳐주실 게 많을 거예요."

완벽했다. 긴장을 약간 늦추고, 먹잇감이 겁을 집어먹지 않도록 약간의 칭찬으로 구슬리는 것. 작선상 아주 중요한 규칙이다.

"하지만 간단한 질문에 대답을 해주기는커녕 약속이나 삶의 방식에 대해서 장황한 설교나 늘어놓는 것은 아주 나쁜 버릇이에요. 제가 이미 했던 질문들에 답변해주신다면 기꺼이 여기 남아 있겠어요. 당신은 누구죠? 여기서 뭘 하고 있는 거죠?"

이방인은 산봉우리에서 시선을 돌려 샹탈을 정면으로 쳐다보았다. 그는 오랜 세월 동안 온갖 종류의 인간들과 부대끼며 살아왔다. 그리고 그녀가 무슨 생각을 하는지 거의 확실하게 알고 있었다. 분명 그녀는 그가 자신의 마음을 사로잡기 위해 금을 보여줬다고 믿고 있었다. 그녀 또한 젊음과 가장한 무관심으로 그의 마음을 사로잡으려고 애쓰고 있었다.

"내가 누구냐고? 진실을 찾고 있는 사람이라고 해두지. 난 이론상으로는 그것을 찾아냈소. 하지만 한 번도 그것을 실천에 옮겨본 적은 없소."

"어떤 종류의 진실이죠?"

"인간 본성에 관한 진실. 난 우리가 유혹을 받게 되면 결국 그 유혹에 지고 만다는 것을 발견했소. 정황에 따라 약간의 차이는 있겠지만, 모든 인간은 심성적으로 악을 저지르게 되어 있소."

"제 생각엔……"

"중요한 것은 당신이 생각하는 것, 내가 생각하는 것, 우리가 믿고 싶어하는 것이 아니라 내 이론이 맞는지 틀린지 확인하는 것이오. 그것이 바로 내가 여기 온 이유요. 내가 누군지 알고 싶다고? 난 돈이 많고 아주 유명한 실업가요. 난 한때 수천 명의 고용인을 거느린 기업주였고, 필요에 따라 가혹하게 굴기도 하고 한없이 관대하기도 했소. 보통사람들이 상상조차 할 수 없는 상황에도 부딪쳐봤고, 모든 한계를 넘나들며 쾌락과 지식을 추구하기도 했소. 천국에 살고 있을 때는 자신이 가족과 진부한 일상사의 지옥에 매여 있다고 여겼고, 완전한 자유를 즐길 수 있게 되자 그것이 지옥이라는 것을 깨달은 사람, 그게 바로 나오. 일생 동안 선했고 동시에 악했던 사람, 인간의 본질에 대해 나 스스로 던진 질문에 대답하기에 아마도 가장 적절한 사람이기도 하오. 난 당신이 이제 무엇을 알고 싶어하는지도 알고 있소."

샹탈은 자신이 수세에 몰리고 있다고 느꼈다. 빨리 전세를 역전시켜야 했다.

"당신은 제가 왜 저한테 금을 보여주셨느냐고 물을 거라고 생각하시죠? 하지만 제가 정말 알고 싶은 것은 당신처럼 돈 많고 유명한 실업가가 책들을 뒤지거나, 대학들에 문의하거나, 유명한 철학자에게 물어보면 간단하게 알 수 있는 대답을 찾아 굳이 왜 베스코스까지 왔느냐 하는 거예요."

이방인은 샹탈의 총명함에 내심 흡족해했다. 안성맞춤인 사람을 택한 것이다. 언제나 그렇듯.

"나는 구체적인 계획을 가지고 베스코스로 왔소. 오래 전에 뒤렌마트라는 작가의 희곡작품을 본 적이 있는데, 아마 당신도 그 작가를 알고 있을 것이오……"

이 은근한 암시는 단순한 도발에 불과했다. 분명 아가씨는 뒤렌마트에 대해 한 번도 들어본 적이 없을 터였다. 그럼에도 그녀는 잘 알고 있다는 듯 이번에도 초연한 태도를 취할 것이 분명했다.

"계속해보세요."

예상했던 대로 샹탈이 말했다.

"당신이 그 작가를 알고 있다니 잘됐군. 하지만 어떤 작품인지 생각이 잘 안 날 수도 있으니 내가 그 내용을 간단하게 요약해보겠소."

그는 단어 하나하나에 힘을 주어 말했다. 그의 말에는 빈정거

림보다는 그녀가 은연중에 거짓말을 하고 있다는 것을 아는 사람의 단호함이 배어 있었다.

"엄청난 재산을 모은 여자가 젊은 시절 자신을 배반한 남자에게 복수를 하기 위해 고향으로 돌아오지. 그녀의 모든 삶, 결혼, 금전적 성공은 오로지 첫사랑에게 복수하려는 욕망에서 비롯되었다는 내용이오.

마찬가지로 나도 사랑, 평화, 연민으로 가득 찬 삶을 사는 벽촌으로 가서 그곳 주민들로 하여금 몇몇 기본적인 계명들을 어기게 할 수 있을지 한번 실험해보자는 계획을 세웠소."

샹탈은 고개를 돌려 산을 바라보았다. 그녀는 자신이 그 작가가 누군지 모른다는 사실을 이방인이 눈치챘음을 알고 있었다. 이제 그녀는 그가 계명들에 대해 물을까봐 겁이 났다. 독실한 신자가 아니었던 그녀는 그 주제에 대해서는 전혀 아는 것이 없었다.

이방인이 말을 이었다.

"이 마을에 사는 사람들은 당신을 비롯해서 모두 선량하오. 나는 당신에게 금전적 독립을 가져다줄 금을 보여주었소. 그 금괴만 있으면 세상을 돌아다니며 꿈꾸던 것을 실컷 해볼 수 있을 거요. 금괴는 계속 거기 묻혀 있을 거요. 당신은 그것이 내 것이라는 걸 알고 있소. 하지만 탐이 난다면 훔쳐갈 수도 있겠지. 그러면 당신은 '도둑질하지 말라'는 계명을 어기는 셈이오."

샹탈은 산에서 시선을 돌려 이방인을 뚫어져라 쳐다보았다.

그가 덧붙였다.

"그리고 나머지 열 개의 금괴. 그 정도면 마을의 모든 주민들이 일을 하지 않아도 충분히 먹고 살 수 있을 거요. 그것들은 나만 알고 있는 장소로 옮겨놓을 것이오. 그래서 다시 묻지 말고 그냥 두라고 한 거요. 나는 당신이 마을로 돌아가 금괴들을 보았고, 내가 그것들을 베스코스의 주민들에게 넘겨줄 의향이 있다고 말해주길 바라오. 베스코스의 주민들이 여태껏 엄두조차 낸 적이 없는 일을 해낸다면 말이오."

"예를 들자면 어떤 일이죠?"

"예가 아니라 아주 구체적인 것이오. 난 그들이 '살인하지 말라'는 계명을 어기길 바라오."

"왜요?"

이 질문은 마치 비명처럼 터져나왔다.

이방인은 샹탈의 몸이 뻣뻣하게 굳었다는 것을, 그녀가 이야기를 마저 듣지 않고 바로 가버릴 수도 있다는 것을 알아차렸다. 그는 빨리 그녀에게 모든 계획을 털어놓아야 했다.

"기한은 일주일이오. 희생자가 누구인가는 중요하지 않소. 오늘부터 칠 일 후, 생산능력이 없는 노인이든 불치병 환자든 아니면 짐만 되는 정신 박약자든 마을에 사는 누군가 죽은 채 발견된다면 이 금괴는 마을 주민들에게 돌아갈 것이고, 나는 우리 모두가 악하다는 결론을 내릴 거요. 당신이 이 금괴를 훔치고 마을사람들은 유혹을 이겨낸다면, 또는 그 반대의 경우라면, 나는 세상에는 선한 사람과 악한 사람이 공존한다고 결론지을 거요. 이 경우에는 문제가 심각해지지. 정신적인 차원에서 싸움이 벌어지고 있고, 둘 중 하나가 승리를 거둘 수도 있다는 걸 뜻하니까. 신, 초자연적인 것, 천사와 악마 사이의 싸움, 이런 것을 믿소?"

샹탈은 침묵을 지켰다. 이방인은 자신이 적절치 못한 순간에 질문을 던졌다는 것을 깨달았다. 이제 빙빙 돌리지 말고 단도직입적으로 말해야 했다.

"만약 내가 금괴 열한 개를 모두 가지고 이 마을을 떠나게 된다면 내가 믿고자 했던 모든 것이 거짓이라는 게 증명될 거요. 그러면 나는 원하지 않았던 답을 가지고 죽어가게 될 거요. 내가 옳다면, 그리고 세상이 정말로 악의 소굴이라면, 내 삶은 좀더 가벼워질 테고."

'그래도 내 고통은 여전하겠지만.' 그는 생각했다.

샹탈의 두 눈에 눈물이 고였다. 하지만 아직은 울음을 참을 수 있었다.

"왜 그런 짓을 하시죠? 그리고 하필이면 왜 우리 마을이죠?"

"중요한 건 당신이나 당신 마을이 아니오. 난 오로지 나만 생각하오. 한 인간의 역사는 전 인류의 역사니까. 난 우리가 선한지 악한지 알고 싶소. 우리가 선하다면, 신은 공정하오. 신은 내가 한 모든 짓을, 날 파괴하려고 했던 사람들에게 품었던 증오를, 중요한 순간에 내렸던 잘못된 결정들을, 지금 하고 있는 제안을 용서해주실 거요. 바로 그가 날 어둠으로 내몰았으니까.

우리가 악하다면, 그때는 모든 것이 허용되오. 난 잘못된 결정을 내린 적이 없고, 우리는 이미 유죄를 선고받은 거요. 이승에서 무슨 짓을 하든 그건 전혀 중요하지 않소. 구원은 인간의 생각이나 행동 너머에 있으니까."

샹탈이 자리를 뜨기로 마음먹기 전에 그가 덧붙였다.

"당신은 나에게 협조하지 않기로 결정할 수도 있소. 그럴 경우, 난 마을사람들에게 밝힐 것이오. 그들을 도울 기회를 당신에게 주었는데 당신이 그것을 거절했다고 말이오. 그리고 내가 직접 그들에게 제안할 것이오. 그들이 내 제안을 받아들이고 누군가를 살해하기로 결정한다면, 아마 그 희생자는 당신일 거요."

3

 베스코스의 주민들은 곧 이방인의 습관에 익숙해졌다. 그는 아침 일찍 일어나 아침밥을 넉넉히 먹고는 도착한 다음날부터 간간이 내리던 비가 폭우로 변해 휘몰아치는데도 산으로 길을 나섰다. 점심식사는 하지 않았다. 그리고 오후가 시작될 무렵 호텔로 돌아와 방에 틀어박혀 낮잠을 즐겼다. 낮잠을 잤는지 어쨌는지는 확실치 않지만, 아무튼 사람들은 그렇게 추측했다.
 어둠이 깔리면 그는 마을 주변을 산책했고, 저녁식사 시간이 되면 언제나 제일 먼저 식탁에 자리를 잡았다. 고급 요리들만 골라 주문했고, 가격에 구애받지 않고 언제나 가장 좋은, 그렇다고 해서 반드시 가장 비싸지는 않은 포도주를 선택했으며, 담배 한 개비를 피우고는 매일 밤 바로 건너가 그곳을 드나드는 남녀들과 친분을 쌓는 데 골몰했다.

그는 베스코스에 대한 이야기와 베스코스(세 개의 거리 끝에 있는 폐가들이 증명하듯 베스코스도 한때는 남부럽지 않은 융성한 마을이었다고 누군가가 말했다)에 살았던 그들의 조상에 대한 이야기를 좋아했고, 이 시골 사람들의 삶에 아직까지 배어 있는 관습과 미신, 농사와 목축에 도입된 새로운 기술에 호기심을 보였다.

자기 자신에 대해 말해야 할 차례가 되면, 그는 서로 모순되는 이야기들을 늘어놓았다. 어떤 때는 자신이 선원이었다고 했다가, 또 어떤 때는 그가 운영했다는 거대한 군수공장들에 대해 이야기하거나, 모든 것을 버리고 하느님을 찾아 수도원으로 들어갔던 시절에 대해 말하기도 했다.

손님들은 바를 나서며 이방인의 말이 사실이냐 아니냐를 놓고 격론을 벌였다. 읍장은 대대로 농사만 지어온 베스코스 주민들과는 달리 도시 사람은 여러 가지 일을 할 수도 있다고 생각했다. 신부의 의견은 달랐다. 그는 그 외지인을 자기 자신을 찾기 위해 이곳까지 흘러온, 정체성 혼란에 빠진 사람이라고 여겼다.

어쨌거나 그가 마을에 일주일만 머물 거라는 한 가지 사실만은 분명했다. 호텔 여주인이 그가 수도에 있는 공항으로 전화를 걸어 예약을 확인하는 것을 엿들었다면서 말해준 것이다. 신기하게도 그의 행선지는 남미가 아니라 아프리카의 한 도시였다. 통화가 끝나자, 그는 숙박비를 미리 계산하기 위해 주머니에서 지폐 다발을 꺼냈다.

"아뇨, 전 손님을 믿습니다."

"이 자리에서 바로 계산해드리고 싶은데요."

"그럼 다른 손님들처럼 신용카드로 계산하세요. 현금은 남은 여행 기간 동안 쓰실 수 있게 갖고 계시고요."

여주인은 자칫 '아프리카에서는 신용카드를 안 받을지도 모르니까'라고 말할 뻔했다. 그랬다면 그녀가 그의 통화 내용을 엿들었으며, 어떤 대륙은 다른 대륙보다 덜 발전했다고 생각한다는 사실이 드러났을 것이고, 그녀로서는 아주 난감했을 것이다.

이방인은 그런 것까지 신경 써줘서 고맙지만 그래도 현금을 받아달라고 정중하게 부탁했다.

이어지는 사흘 동안 그는 저녁마다 바의 손님들에게 술을 돌렸다. 술값은 물론 현금으로 지불했다. 베스코스에서는 처음 있는 일이었다. 사람들은 그 남자에 관해 떠도는 앞뒤가 맞지 않는 이야기들은 다 잊어버리고 그를 후하고 다정다감하며 아무런 편견 없이 시골사람들을 대하는 사람이라고 생각했다.

그때부터 밤에 벌어지는 토론의 주제가 바뀌었다. 바가 문을 닫으면, 남아 있던 사람들은 이 외지인이 우애의 가치를 이해하는, 경험이 아주 풍부한 사람이라고 말하며 읍장의 손을 들어주었다. 하지만 다른 이들은 신부가 옳다고 큰소리를 쳤다. 인간의 영혼을 신부보다 더 잘 아는 사람이 누가 있겠는가? 그러니까, 이방인은 새로운 친구나 삶에 대한 새로운 전망을 찾아나선 외로운 사람이 분명했다. 어쨌거나 베스코스의 주민들은 입을 모아 그가 좋은 사람이라고 했다. 그리고 다음주 월요일, 예정대로 그가 떠나면 섭섭할 거라고 확신했다.

게다가 마을사람들은 그의 행실에서 사소하지만 중요한 부분을 들어 그를 높이 평가했다. 일반적으로 여행객들은, 특히 혼자 이 마을을 찾은 여행객은 예외없이 바의 종업원인 샹탈 프랭에게 흑심을 품고 짧게나마 연애를 걸어볼까 추근댔는데, 그 남자는 음료를 주문할 때를 빼놓고는 그녀에게 전혀 말을 걸지 않았고, 묘한 눈길 한번 보내지 않았다.

4

시냇가에서 이방인을 만난 후 사흘 동안 샹탈은 거의 잠을 이루지 못했다. 무시무시한 소리를 내며 간헐적으로 폭풍우가 몰아쳐 낡은 덧문들이 요란스럽게 덜컹거렸다. 샹탈은 간신히 잠이 들었다가 곧 소스라쳐 잠에서 깨어났다. 전기를 아끼기 위해 난방장치를 꺼놓았는데도 온몸이 땀으로 흠뻑 젖어 있었다.

첫째날 밤, 그녀는 선과 대면했다. 도무지 기억도 나지 않는 악몽을 연달아 꾸면서 그녀는 하느님께 도와달라고 기도했다. 자신이 죄악과 죽음의 사자가 되어 이방인에게서 들은 것을 사람들에게 전하고 싶은 생각은 추호도 없었다.

자신의 말에 귀기울이기에는 하느님이 너무 먼 곳에 있다고 생각한 샹탈은 얼마 전에 돌아가신 할머니에게 기도하기 시작했다.

할머니는 자신을 낳다가 죽은 엄마 대신 줄곧 그녀를 키워주신 분이었다. 그녀는 악이 이미 이 마을을 지나갔다고, 영원히 다른 곳으로 가버렸다고 애써 생각하려 했다.

개인적인 문제들이 없진 않았지만, 샹탈은 자신이 각자의 의무를 다하는 정직한 남녀들, 인근 마을 사람들의 존경을 받으며 자부심을 가지고 사는 사람들의 공동체 안에서 살고 있다는 것을 알고 있었다. 하지만 옛날부터 그랬던 것은 아니었다. 두 세기가 넘도록 베스코스에는 인간 말종들이 득실거렸다. 당시에는 그 상황이 로마인에게 정복당했을 때 켈트족이 내뱉은 저주의 결과라며 모두 아주 당연하게 받아들였다. 저주가 아니라 축복을 믿었던 단 한 사람의 침묵과 용기가 마을 사람들의 죄를 사해준 그날까지는.

덜컹거리는 덧문 소리에 귀를 기울이고 있던 샹탈은 그때 일을 이야기해주던 할머니의 목소리를 떠올렸다.

"아주 오래 전에 한 은둔자가 마을 근처 동굴에서 살고 있었단다. 나중에 성(聖) 사뱅으로 알려진, 바로 그분 말이다. 당시 베스코스는 탈옥한 강도, 밀수꾼, 창녀, 공모자를 구하러 온 건달, 잠시 몸을 숨기러 온 살인자들이 우글거리는 국경지대의 한 역참에 불과했지. 그중에서도 가장 악랄한 놈은 아합이라는 이름을 가진 아랍인이었어. 그는 마을과 그 인근을 지배하면서, 성실하게 살아가는 농부들에게 가혹한 세금을 물렸단다.

어느 날, 사뱅이 동굴에서 내려와 아합의 집 앞에 이르러 그곳에서 밤을 보낼 수 있게 해달라고 부탁했단다. 그러자 아합은 웃음을 터뜨렸지.

'넌 내가 살인자라는 사실을, 이미 많은 사람의 목을 베었다는 사실을, 네 목숨을 뺏는 일쯤은 내겐 아무것도 아니라는 사실을 모른단 말이냐?'

'알고 있소. 하지만 동굴에 사는 게 이젠 지긋지긋하오. 하룻밤만이라도 이곳에서 묵고 싶소.'

아합은 그 성인(聖人)이 자신에 못지않게 명성이 높다는 걸 익히 알고 있었지. 그게 그는 아주 언짢았어. 사뱅처럼 유약한 사람과 명성을 함께 나누고 싶지 않았거든. 그래서 누가 확실한 지도자인지 모든 사람에게 보여주기 위해 그날 밤 사뱅을 죽이기로 마음먹었지.

그들은 몇 마디 대화를 나누었어. 그 짧은 대화를 통해서도 아합은 큰 감명을 받았단다. 하지만 그는 이미 오래 전부터 선(善)을 믿지 않았고, 불신으로 가득한 사람이었어. 그는 사뱅에게 잠잘 곳을 알려주고는 위협적인 표정으로 말없이 칼을 갈기 시작했어. 사뱅은 그런 그를 잠시 바라보다가 눈을 감고 곧 잠이 들었지.

아합은 밤새 칼을 갈았어. 새벽이 되어 잠에서 깨어난 사뱅은 아합이 통곡하듯 외치는 소리를 들었지.

'당신은 날 무서워하지도, 심판하려 들지도 않았소. 내가 마치 모든 사람들에게 잠자리를 제공하는 선한 사람이라도 되는 양 내 집에서 편안한 하룻밤을 보냈소. 당신이 처음이오. 당신이 나 같은 인간도 올바르게 행동할 수 있다고 생각했기 때문에 나는 그렇게 행동했소.'

아합은 그 자리에서 범죄자로 사는 걸 포기하고 그 지방을 완전히 변모시키기로 결심했단다. 그렇게 해서 베스코스는 강도들이 득실대는 국경의 보잘것없는 역참에서 두 나라 사이의 상업 중심지로 거듭났지.

이 이야기는 잊지 말고 새겨두어라."

샹탈은 울음을 터뜨리며 그 이야기를 들려준 할머니에게 감사드렸다. 마을사람들은 모두 선량했고, 그녀는 그들을 전적으로 믿을 수 있었다. 다시 잠을 청하던 그녀는 그 이방인이 베스코스의 주민들에게 내몰려 마을에서 쫓겨나며 어쩔 줄 몰라하는 모습을 보기 위해서라도 그에 대해 자신이 아는 대로 마을 주민들에게 털어놓아야겠다고 생각했다.

저녁이 되자, 이방인은 습관대로 바에 들러 양털 깎는 방법이

나 고기를 훈제할 때 거쳐야 하는 과정 등 사소한 주제에 관심이 있는 척하는 여느 관광객처럼 손님들과 대화를 나누기 시작했다. 베스코스의 주민들은 모든 이방인이 자연을 벗삼아 살아가는 자신들의 건강한 삶에 매료되어 있다고 생각했다. 그래서 그들은 '아! 현대문명과 동떨어져 사는 것은 정말 좋은 일이야!' 따위의 말들을 반복했다. 하지만 내심으로는 이 무료한 곳을 벗어나 공기를 오염시키는 자동차들 틈에서, 범죄가 난무하는 도시에서 살아봤으면 좋겠다는 생각을 하고 있었다. 시골사람들에게 대도시는 언제나 유혹 그 자체였다. 하지만 방문객이 나타날 때마다 그들은 말로만, 오직 말로만, 잃어버린 낙원에서 살아가는 기쁨을 증명하려 했고, 그럼으로써 그곳에서 태어난 것이 행운이라고 애써 마음을 달랬다. 그때까지 호텔에 묵은 손님들 중 모든 것을 정리하고 베스코스에 들어와 살기로 결심한 사람이 단 한 명도 없었다는 사실을 그들은 까맣게 잊고 있었다.

바는 활기에 넘쳤다. 이방인이 하지 말았어야 하는 지적을 하는 바람에 잠시 어색해지기는 했지만.

"여긴 아이들 교육을 정말 잘 시키는 것 같아요. 제가 들렀던 다른 많은 곳들과는 달리 이곳에서는 아이 우는 소리가 전혀 들리지 않더군요."

갑자기 바에 침묵이 흘렀다. 베스코스에는 아이가 없었던 것이다. 다들 곤혹스러워하고 있는데 누군가가 기지를 발휘해 이방인에게 방금 먹은 베스코스의 전통요리 맛이 어떠냐고 물었다. 그러자 대화는 곧 정상적인 흐름을 찾았고 사람들은 또다시 시골생활의 즐거움과 도시생활의 불편함이라는 주제로 이야기를 나눴다.

시간이 흐를수록 샹탈은 점점 더 불안해졌다. 이방인이 숲속에 서 있었던 일을 이야기하라고 할까봐 겁이 난 것이다. 하지만 그는 그녀에게 눈길 한 번 주지 않았고, 늘 그랬듯 현금을 내놓으며 손님들에게 술을 한 잔씩 돌리라고 주문할 때를 제외하고는 말도 걸지 않았다.

손님들이 모두 집으로 돌아가자 이방인은 방으로 올라갔다. 간밤에 눈 한 번 못 붙인 탓에 완전히 기진맥진한 샹탈은 앞치마를 벗고 누군가가 탁자 위에 놓고 간 담뱃갑에서 담배 한 개비를 꺼내 불을 붙이고는 호텔 여주인에게 청소는 내일 아침에 하겠다고 했다. 그녀는 외투를 걸치고 차가운 밤공기 속으로 나갔다.

얼굴을 후려치는 비를 뚫고 근처에 있는 자신의 방을 향해 걸어가면서 그녀는 생각했다. 이방인이 그녀의 관심을 끌 마땅한 방법을 찾지 못해서 그런 무시무시한 제안을 한 게 아닌가 하고.

하지만 그녀는 금을 떠올렸다. 그녀는 분명히 금을 보았다. 두 눈으로 똑똑히.

어쩌면 금이 아니었는지도 모른다. 하지만 너무 피곤해서 더이상 생각할 힘조차 없었다. 방에 들어서자마자 그녀는 옷을 벗고 이불 속으로 미끄러져 들어갔다.

 두번째 날 밤, 샹탈은 선과 악을 대면했다. 그녀는 꿈 없는 깊은 잠에 빠져들었다가 한 시간 후 잠에서 깨어났다. 주위는 쥐죽은 듯 조용했다. 덧문의 덜컹거림도, 밤새들의 울음소리도 들리지 않았다. 그녀가 아직 이승에 있다는 사실을 일깨워주는 소리는 전혀 들리지 않았다.

 그녀는 창가로 가 텅 빈 거리를, 하염없이 내리는 가는 빗줄기를, 호텔 간판 불빛 외에는 아무것도 구분할 수 없게 만드는 안개를 바라보았다. 마을은 그 어느 때보다도 을씨년스러워 보였다. 그녀는 이 외딴 마을의 고요함이 평화와 안녕을 뜻하는 것이 아니라 새로운 화젯거리가 없음을 뜻한다는 걸 잘 알고 있었다.

 그녀는 산 쪽을 바라보았다. 낮게 드리워져 있는 구름 때문에 산은 보이지 않았지만, 산 어딘가에 금괴 하나가, 아니면 벽돌 모양의 노란 무언가가 감추어져 있다는 것을 그녀는 알고 있었다. 이방인은 정확한 장소를 가르쳐주었고, 그녀가 원한다면 꺼내 가도 좋다고 했다.

 그녀는 다시 자리에 누워 몇 번을 뒤척인 끝에 다시 일어나 욕실로 갔다. 그녀는 불안한 시선으로 거울에 비친 자신의 벌거벗은 몸을 자세히 살펴보았다. 곧 매력이 없어져버리는 것은 아닐까? 침대로 돌아온 그녀는 탁자 위에 놓여 있던 담뱃갑을 가지고 오지 않은 걸 후회했다. 하지만 주인이 찾으러 오리라는 것을 알고 있었고, 그런 일로 사람들의 불신을 사고 싶지는 않았다. 베스코스는 그런 종류의 규범들에 의해 지배되고 있었다. 잊어버리고 놓고 간 담뱃갑에 남아 있는 담배들에도 주인이 있었고, 옷에서 떨어진 단추 하나도 찾으러 올 때까지 보관해두어야 했으며, 잔돈도 한푼 어긋나지 않게 돌려주어야 했다. 지불해야 할 돈에서 우수리를 떼는 일도 없었다. 모든 것이 예측 가능하고 조직화되어 있는, 빈틈이라고는 찾아볼 수 없는 저주받은 곳이었다.

다시 잠들지 못할 거라고 생각한 그녀는 또다시 할머니를 떠올리며 기도하려고 애썼다. 하지만 또렷한 이미지 하나가 기억 속에서 떠나지 않았다. 파헤쳐진 구멍, 흙이 묻은 노란 금속, 떠날 준비가 되어 있는 순례자의 지팡이처럼 손에 쥐여져 있는 나뭇가지. 그녀는 졸다가 깨기를 여러 차례 반복했다. 하지만 사방은 여전히 고요했고, 똑같은 이미지가 끊임없이 그녀의 머릿속을 떠돌았다.

창문에 새벽의 첫 미광(微光)이 비치자 그녀는 일어나 밖으로 나갔다.

베스코스의 주민들은 대개 동이 틀 때 잠자리에서 일어났다. 하지만 아직 거리로 나선 사람은 아무도 없었다. 그녀는 혹시 이방인이 자신을 미행하지 않나 확인하기 위해 수시로 뒤를 돌아보며 텅 빈 거리를 걸었다. 짙은 안개 때문에 시계(視界)는 고작 몇 미터밖에 되지 않았다. 그녀는 가끔씩 멈춰 서서 뒤따르는 발소리를 들으려 귀를 기울였다. 하지만 들려오는 건 미친 듯이 뛰는 자신의 심장 소리뿐이었다.

그녀는 숲속으로 들어가 Y자 형태의 바위 더미에 도착했다. 바위 더미가 무너져내리지 않을까, 자신을 덮치지 않을까 하는 두려움이 엄습해왔다. 그녀는 전날 그곳에 두었던 나뭇가지를 주워 이방인이 가르쳐준 곳을 파고는 금괴를 꺼내기 위해 구멍 안으로 손을 집어넣었다. 그녀는 귀에 온 신경을 집중시켰다. 짐승들을 겁주고 잎사귀들을 얼어붙게 하는 이상한 존재가 떠돌아다니기라도 하는 양, 숲은 납처럼 무거운 고요 속에 잠겨 있었다.

그녀는 금괴를 들어보았다. 생각했던 것보다 훨씬 더 무거웠다. 흙을 털어내자 금괴에 새겨진, 무엇을 의미하는지 알 수 없는 소인(燒印) 두 개와 일련번호가 드러났다.

돈으로 따지면 얼마나 될까? 정확히 알 수는 없지만 이방인의 말대로 그녀가 평생 돈 한푼 벌지 않아도 충분히 먹고살 수 있는 액수인 것만은 분명했다. 그녀는 두 손에 자신의 꿈을, 늘 갈구해왔던 것, 기적같이 그녀에게 다가온 것을 쥐고 있었다. 베스코스의 틀에 박힌 낮과 밤, 성장한 후로 줄곧 일해온 호텔, 공부를 하기 위해, 그리고 뭔가를 이루기 위해 외지로 떠난 친구들의 연례적인 방문, 그녀가 익숙해져 있는 그 모든 결핍, 그녀에게 모든 것을 약속하고는 다음날 작별인사조차 없이 떠나버린 남자들, 그 모든 이루지 못한 꿈들, 그것들에서 해방될 수 있는 절호의 기회가 바로 눈앞에 있었다. 그녀의 일생에서 가장 중요한 순간이었다.

삶은 그녀에게 늘 불공평했다. 누군지도 모르는 아버지, 그녀를 낳다 죄책감만 남기고 돌아가신 어머니, 손녀에게 적어도 읽고 쓰는 법만은 가르치기 위해 삯바느질로 한 푼 두 푼 모았던 할머니.

샹탈은 꿈이 많았다. 그녀는 늘 장애들을 극복할 수 있을 거라고, 멋진 남편감을 만날 수 있을 거라고, 대도시에서 직장을 구할 수 있을 거라고, 이 세상 끝 마을에 잠시 쉬러 온 유명한 연출가의 눈에 띄게 될 거라고, 여배우로 성공할 수 있을 거라고, 책을 써서 큰 성공을 거두게 될 거라고, 세계적인 사진작가를 위해 포즈를 취할 날이 올 거라고, 만인이 보는 가운데 붉은 양탄자 위를 걷게 될 거라고 상상했다.

그녀의 밤은 자신의 진가를 알아봐줄 사람을 만나고자 하는 달

뜬 신열로, 그녀의 낮은 기다림으로 채워졌다. 낯선 남자와 잠자리를 함께 할 때마다 그녀는 다음날 떠나게 될지도 모른다는 희망을, 그 세 개의 거리, 황폐한 집들, 슬레이트 지붕들, 성당과 거의 방치해두다시피 한 작은 묘지, 호텔, 그리고 몇 주 동안 공들여 준비해놓아봤자 결국 대량 생산품과 똑같은 가격에 팔리고 마는 지역 특산물들을 두 번 다시 보지 않게 될지도 모른다는 희망을 품었다.

언젠가, 오래된 그 지역에 살았던 켈트족이 감춰놓은 엄청난 보물을 우연히 찾아낼지도 모른다는 생각이 그녀의 머리를 스치고 지나가기도 했다. 그녀가 꾼 꿈들 중에서도 가장 황당한 것이었다.

그런데 그 순간이 온 것이다. 그녀의 두 손에 금괴가 있었다. 진짜로 있으리라고는 단 한 번도 믿어본 적 없는 보물을, 영원한 해방을 그녀는 어루만지고 있었다.

불현듯 두려움이 그녀를 사로잡았다. 이방인이 생각을 바꿔 자기 요구를 좀더 고분고분 따라주는 여자를 찾아 다른 마을로 떠나기로 마음먹는다면, 삶을 바꿀 수 있는 일생일대의 기회가 물거품처럼 사라질 수도 있었다. 지체 없이 방으로 돌아가 보따리를 싸서 떠나는 편이 나을지도 모른다……

그녀는, 이방인이 아침 산책을 나와 금이 사라졌다는 것을 알아채는 사이, 경사진 거리를 뛰다시피 내려가 마을 어귀에서 지나가는 차를 얻어 타는 자신의 모습을 눈앞에 떠올렸다. 이방인이 호텔로 돌아와 경찰에 신고하고 있을 때는 그녀가 가까운 도시에 도착할 즈음일 것이다.

버스 터미널 매표소로 뛰어들어 어디든 가장 먼 곳으로 가는 표를 사는 순간, 형사 둘이 에워싸면서 가방을 열어보라고 정중하게 요구할 테지. 하지만 가방 속의 내용물을 확인하는 순간, 그들의 정중함은 사라지고 말겠지. 그녀가 세 시간 전에 발생한 사건의 범인, 신고가 들어와 그들이 찾아나선 바로 그 여자이니까.

경찰서로 끌려가면 아무도 믿지 않을 진실을 털어놓든지, 아니면 흙이 뒤집어져 있어서 파보았더니 금괴가 있었다고 거짓 진술을 하든지, 둘 중 하나를 택해야만 하리라. 예전에, 켈트족이 숨겨두었다는 보물을 찾아다니는 사람과 함께 밤을 보낸 적이 있었다. 그는 그때 말했다. 그런 사안에 대한 법률은 아주 명백하다고. 신고를 하고 국가에 반납해야 하는 몇몇 고고학적 유산들을 제외하고는 보물을 찾은 사람이 그것을 가질 권리가 있다고. 검인이 찍힌 금괴는 고고학적 가치가 전혀 없으므로 발견한 사람이 소유권을 주장할 수 있었다.

샹탈은 만약 경찰이 금괴를 훔쳤다고 그녀를 기소한다면 금괴에 묻은 흙자국을 보여주리라고, 그렇게 해서 자신의 권리를 증명할 거라고 생각했다.

하지만 그 사이 그 일은 베스코스에 알려질 것이고, 주민들은 호텔 손님들과 잠자리를 함께 한 그녀가 손님의 주머니에도 손을 댔을 거라고 선망과 질투에 가득 차 수군거릴 것이다.

그 에피소드는 비극적으로 끝날 것이다. 금괴는 판결이 날 때까지 압수될 것이고, 변호사를 고용할 돈이 없는 샹탈은 자기가 발견한 보물을 빼앗기고 말 것이다. 마을사람들의 눈총을 받으며 참담한 몰골로 베스코스로 돌아올 수밖에 없을 것이고, 오랫동안 사람들의 입방아에 시달리게 될 것이다.

결국 꿈들은 사라지고, 그녀의 평판은 땅에 떨어지리라.

다르게 생각할 수도 있다. 이방인의 말을 사실로 받아들이는 것이다. 그렇다면 금괴를 훔쳐 떠나는 것이 도리어 베스코스와 그 주민들을 큰 불행에서 구하는 일이 되지 않겠는가?

하지만 샹탈은 방에서 나와 산에 오르기 전에 이미 알고 있었다. 자신이 차마 그렇게 하지 못하리라는 것을. 삶을 완전히 바꿀 수 있는 바로 이 순간에 도대체 왜 이렇게 두려움에 휩싸이는 것일까? 마음에 들기만 하면 누구하고나 잠자리를 같이 하지 않았던가? 팁을 두둑히 받아내려고 외지인들에게 갖은 아양을 떤 적도 있지 않은가? 때로는 거짓말도 하지 않았던가? 마을을 떠나

연말에나 들르는 옛 친구들의 운명을 부러워하지 않았던가?

그녀는 두 손으로 온 힘을 다해 금괴를 움켜쥐고 일어섰다. 그런데 갑자기 힘이 빠져 다시 무릎을 꿇고 금괴를 구덩이 안에 밀어넣었다. 그러고는 흙으로 덮었다. 그녀는 금괴를 가져갈 수 없었다. 양심 때문이 아니었다. 더럭 겁이 난 것이다.

그녀는 꿈을 실현하지 못하게 막는 두 가지 경우가 있다는 것을 퍼뜩 깨달았다. 그 꿈들이 실현될 수 없을 거라고 믿을 때, 그리고 운명의 바퀴가 돌고 돌아 전혀 예기치 못한 순간에 그 꿈들이 이루어질 수 있는 것으로 변했을 때. 후자의 경우, 더럭 겁에 질려 출구를 알지 못하는 길에, 미지의 위협들로 가득한 삶 속에, 익숙한 것들이 영원히 사라져버릴지도 모르는 가능성 속에 감히 발을 들여놓지 못하는 것이다.

사람들은 모든 것을 바꾸길 원한다. 하지만 동시에 모든 것이 변함없이 지속되기를 바란다. 샹탈은 이 딜레마를 잘 이해하지는 못했지만, 이제 거기서 벗어나야 했다. 너무 오랫동안 베스코스에 처박힌 채 실패에 익숙해져 있는 그녀에게 성공의 기회는 어쩌면 너무나 무거운 짐인지도 몰랐다.

그녀는 이방인이 이제 더이상 그녀에게 기대를 걸고 있지 않을 거라고, 아마 다른 누군가를 선택하기로 이미 결정했을 거라고 확신했다. 자신의 운명을 바꾸기에는 그녀는 너무나 나약했다.

금을 쥐었던 손에 이제 빗자루, 스펀지, 걸레를 쥐어야 할 것이다. 샹탈은 보물을 뒤로 하고 호텔로 향했다. 호텔에서는 샹탈이 손님들이 일어나기 전에 바 청소를 해놓겠다는 약속을 어긴 것에 약간 화가 난 여주인이 그녀가 돌아오길 기다리고 있을 터였다.

샹탈이 두려워하던 일은 일어나지 않았다. 이방인은 다른 마을로 떠나기는커녕 그 어느 때보다 매력적인 모습으로 바에 앉아 나름대로 그럴듯한, 적어도 자신의 상상 속에서는 했음직한 강렬한 경험담들을 이야기하고 있었다. 이번에도 그가 바의 모든 손님들에게 돌린 음료 값을 계산할 때를 제외하고는 샹탈과 눈길을 마주치지 않았다.

샹탈은 완전히 탈진해 있었다. 다들 일찌감치 자리를 털고 일어났으면 하는 바람뿐이었다. 하지만 이방인은 그날따라 유난히 흥이 나 쉴새없이 이야기를 늘어놓았고, 다른 이들은 대도시에서 온 사람이 자신들보다 더 많은 교육을 받았고, 교양도 더 풍부하고, 더 똑똑하고, 더 현대적이라고 생각하면서 존경, 아니 차라리 굴종이 가득한 표정으로 그의 말에 귀를 기울이고 있었다.

'꼭 바보들 같기는! 저들은 자신이 얼마나 중요한 존재인지 이해하지 못하고 있어. 세상 어딘가에서 누군가가 포크로 음식을 집어 입으로 가져갈 수 있는 것은 장인이든 농부든, 아니면 목축

업자든 아침부터 저녁까지 뼈빠지게 일하는 이 베스코스 주민 같은 사람들 덕택이라는 것을 저들은 몰라. 저들은 대도시의 어느 누구보다 더 이 세상에 쓸모가 많은 사람들이야. 하지만 저들은 자신을 열등하고 불필요한 존재로 여기고 있고, 또 그렇게 행동하고 있어.'

그 순간, 이방인은 자신의 교양이 베스코스 사람들의 노동보다 더 큰 가치가 있다는 것을 막 보여주려는 참이었다. 그가 손가락을 뻗어 벽에 걸려 있는 그림을 가리켰다.

"저게 무슨 그림인지 아십니까? 레오나르도 다 빈치가 그린 〈최후의 만찬〉입니다. 세상에서 가장 유명한 그림들 중 하나죠."

"저 그림이 그렇게 유명하다니 그럴 리가 없어요. 몇 푼 안 주고 산 걸요."

호텔 여주인이 말했다.

"복제품이라 그런 겁니다. 진본은 여기서 아주 멀리 떨어진 어느 성당에 있죠. 이 그림에 얽힌 전설이 하나 있는데, 여러분이 듣고 싶어하실지 모르겠군요."

다들 고개를 끄덕여 찬성했다. 샹탈은 자신이 그 자리에 있다는 사실이, 다른 사람들보다 더 유식하다는 것을 보여주기 위해 그 남자가 늘어놓는 쓸데없는 이야기에 귀를 기울이고 있다는 사실이 부끄러웠다.

"저 그림을 그리겠다고 결심했을 때, 레오나르도 다 빈치는 큰 난관에 부딪쳤습니다. 예수의 이미지를 통해 선을, 그리고 만찬이 진행되는 동안 예수를 배신하기로 마음먹은 유다를 통해 악을 표현해야만 했던 거죠. 그는 작업을 멈추고 이상적인 모델들을 찾아나섰어요.

합창 공연에 참석한 어느 날, 그는 한 합창단원의 얼굴에서 그리스도의 완벽한 이미지를 발견했죠. 그는 그 단원에게 자신의 아틀리에로 와 달라고 부탁했고, 그를 모델로 많은 습작과 스케치를 했어요.

그로부터 삼 년이 지나 〈최후의 만찬〉은 거의 완성단계에 이르렀지만 레오나르도 다 빈치는 그때까지도 유다의 모델을 찾지 못하고 있었어요. 그에게 작품을 의뢰한 추기경은 벽화를 빨리 끝내달라고 재촉하기 시작했죠.

몇 날 며칠을 찾아 헤맨 끝에 화가는 드디어 누더기를 걸친 채 고주망태가 되어 도랑에 쓰러져 있는 조로(早老)한 젊은이를 찾아냈습니다. 크로키를 할 시간도 없어서 조수들을 시켜 그를 곧장 성당으로 데려갔죠.

성당에 도착하자마자 조수들이 젊은이를 일으켜 세워 모델이 되게 했습니다. 그는 자신에게 무슨 일이 일어났는지조차 모르고 있었죠. 이렇게 해서 레오나르도 다 빈치는 그 얼굴에 선명하게 새겨져 있는 부도덕, 죄악, 이기심을 화폭에 옮겨놓을 수 있었던 겁니다.

레오나르도 다 빈치가 작업을 끝냈을 때, 술기운에서 깨어나 눈을 뜬 거지가 눈부신 벽화에 큰 충격을 받은 듯 놀라움과 슬픔에 젖은 목소리로 외쳤습니다.

"이 그림을 본 적이 있어!"

"언제?"

크게 놀란 레오나르도 다 빈치가 물었죠.

"삼 년 전, 내가 가진 모든 것을 잃기 전에. 난 한 합창단에서 노래를 불렀고, 내 모든 꿈들을 하나씩 이루어나가고 있었소. 그때 어떤 화가의 부탁으로 이 그림의 예수를 그리는 데 모델이 되어주었죠."

이방인은 한참 동안 입을 다물고 있었다. 그는 이야기하는 동안 맥주를 홀짝거리고 있던 신부만 뚫어져라 쳐다보았다. 하지만 샹탈은 그 이야기가 자신을 염두에 둔 것이라는 걸 알고 있었다. 그가 다시 입을 열었다.

"달리 말하자면, 선과 악의 얼굴이 똑같다는 거죠. 모든 것은 오로지 선과 악이 각 인간 존재의 길과 마주치는 순간에 달려 있을 뿐입니다."

그는 자리에서 일어나 이젠 피곤하다고 말하며 사람들에게 인사를 하고 방으로 올라갔다. 손님들도 유명한 그림의 싸구려 복제품을 흘끗 쳐다보고는 그들 삶에서 천사나 악마와 마주친 것이 언제였는지 생각하며 하나둘씩 바를 떠났다. 서로 의논하지는 않았지만, 그들은 베스코스에서는 아합이 이 지역을 평정하기 전에 그 일이 일어났다는 결론에 도달했다. 그후로는 하루하루가 늘 한결같았기 때문이었다.

5

 샹탈은 손가락 하나 까딱할 힘도 없이, 거의 로봇처럼 일하고 있었다. 그녀는 오직 자신만이 다르게 생각한다는 걸 알고 있었다. 악마의 유혹적인 손길이 그녀의 얼굴을 집요하게 어루만졌기 때문이다. "선과 악은 같은 얼굴을 하고 있다. 선과 악이 각 인간 존재의 길과 마주치는 순간에 모든 것이 달려 있을 뿐이다." 어쩌면 사실일 수도 있는 그럴싸한 말이었다. 하지만 그녀는 어서 자기 방으로 돌아가 모든 걸 잊고 자고 싶은 마음뿐이었다.

 그녀는 한 손님에게 거스름돈을 잘못 돌려주었다. 아주 드문 일이었다. 그녀는 늘 마지막으로 바를 떠나는 신부와 읍장이 자리를 뜰 때까지 이를 악물고 꿋꿋하게 버텼다. 몇 년 전부터 매일 밤 그랬듯 금고를 잠그고 소지품을 챙긴 그녀는 전혀 어울리지 않는 싸구려 외투를 걸치고는 자기 방으로 돌아갔다.

　세번째 날 밤, 그녀는 악과 대면했다. 악은 극도의 피로와 끓어오르는 신열의 모습으로 나타났다. 그녀는 깊이 잠들지 못하고 가수 상태에 빠져들었다. 밖에서는 늑대 한 마리가 끊임없이 울부짖고 있었다. 잠시 후, 그녀는 자신이 착란을 일으키고 있다는 확신이 들었다. 그 짐승이 그녀의 방 안으로 들어와 그녀가 이해하지 못하는 언어로 말을 하고 있는 것처럼 느껴졌던 것이다. 잠시 정신이 돌아온 사이, 그녀는 사제관으로 찾아가기 위해 자리에서 일어나려고 애썼다. 신부에게 의사를 불러달라고 부탁하기 위해서였다. 하지만 다리가 후들거려 한 발짝도 내디딜 수가 없었다. 기운을 차려 길을 나선다 해도 사제관까지는 도착하지 못할 것 같았다. 사제관에 도착한다 하더라도 신부가 일어나 옷을 입고 문을 열어줄 때까지 기다려야만 할 것이다. 그 사이, 추위가 열을 더 올려놓을 것이고, 끝내는 그 자리에서, 성당 옆에서 그녀를 가차없이 죽이고 말 것이다.

　'날 묻기는 쉽겠군. 묘지 입구에서 죽을 테니까.'

　샹탈은 밤새 헛소리를 해댔다. 하지만 아침 첫 햇살이 방 안으로 스며들자 열이 내리는 것이 느껴졌다. 기운을 좀 차린 그녀는 제법 긴 시간 동안 평온한 잠을 잘 수 있었다. 익숙한 경적 소리가 그녀의 잠을 깨웠다. 이 마을 저 마을을 돌며 빵을 파는 차량이 아침 시간에 맞춰 베스코스에 도착한 것이다.

'빵을 사러 나갈 필요 없지. 밤에는 일을 해야 하니 늦잠이나 실컷 자야겠다.' 하지만 그녀의 마음에 알 수 없는 변화가 일어났다. 사람들과 만나야 미칠 듯한 이 기분에서 벗어날 수 있을 것 같았다. 오늘 하루도 먹을 것과 해야 할 일이 있다는 사실에 만족하며 파란색 트럭 주위로 몰려드는 사람들을 만나고 싶었다.

서둘러 밖으로 나간 그녀는 사람들에게 인사를 했고 '피곤해 보이네' 혹은 '어디 아파?' 따위의 말을 들었다. 정으로 뭉친 그들은 아무런 계산 없이 언제라도 도움을 줄 준비가 되어 있었다. 반면, 끊임없이 전투를 벌이고 있는 그녀의 영혼은 부, 모험, 그리고 권능의 꿈속에서 두려움에 사로잡혀 몸부림치고 있었다. 물론 그녀도 비밀을 털어놓고 싶었다. 하지만 한 사람에게만 털어놓아도 아침 나절이 지나기 전에 온 마을이 그 얘기로 떠들썩할 것을 그녀는 알고 있었다. 자신의 건강을 걱정해주는 사람들에게 감사의 인사를 하고 생각이 좀더 정리될 때까지 기다리는 편이 나았다.

"아무것도 아니에요. 늑대가 밤새 울어대서 잠을 좀 설쳤어요."
"늑대? 난 못 들었는걸."
그 자리에 있던 호텔 여주인이 말했다.
"이 지방에서 늑대 우는 소리 안 난 지가 벌써 몇 달은 됐어."

바에 있는 자그마한 가게에 납품을 하는 아주머니가 덧붙였다.

"사냥꾼들이 모조리 죽여버렸나봐. 우리한텐 안된 일이지. 늑대가 사라지면 여기까지 찾아와 돈을 써가며 멍청하고 무익한 경쟁에 참여할 사냥꾼들도 없어질 테니 말이야."

"빵 가게 아저씨 앞에서 늑대가 사라질 거라는 말 따윈 하지 말아요. 사냥꾼들이 빵을 팔아줄 거라고 잔뜩 기대하고 있으니까. 나 역시 그렇지만."

호텔 여주인이 속삭였다.

"전 분명히 늑대가 울부짖는 소리를 들었어요."

"그럼 분명 저주받은 늑대였을 거야."

샹탈을 좋아하지 않으면서도 제대로 교육을 받은 덕분에 자기 감정 정도는 감출 줄 아는 읍장 부인이 말했다.

호텔 여주인이 목청을 돋우었다.

"저주받은 늑대 같은 건 없어요. 길 잃은 늑대 한 마리가 낑낑대다가 벌써 멀리 달아나버렸을 거예요."

그러자 읍장 부인이 대꾸했다.

"어쨌거나 간밤에 늑대 우는 소리를 들은 사람은 아무도 없어요. 당신이 이 아가씨를 너무 늦게까지 혹사시켜서 그래요. 지쳐서 환청을 들을 정도로."

샹탈은 다투기 시작한 두 부인네를 내버려두고 빵을 사들고 방으로 돌아왔다.

'무익한 경쟁.' 이 말이 그녀에게 충격을 주었다. 이것이 바로 다른 사람들이 삶을 보는 방식이었다. 무익한 경쟁. 조금 전, 그녀는 많은 걸 체념한 채 하루하루 살아가는 그 사람들이 범죄 하나를 저지르는 대가로 자식과 손자들의 미래를 보장해주고 베스코스에 늑대가 있건 없건 과거의 영광을 되돌려줄 금괴 열 개를 얻을 수 있는 진정 '유익한 경쟁'을 시작할 수 있을지 보기 위해 이방인의 제안을 발설할 뻔했다.

하지만 그녀는 목구멍까지 올라온 말을 삼켰다. 어쨌거나 이미 마음을 굳힌 상태였다. 그날 저녁, 그녀는 아무도 못 들었다거나 무슨 말인지 몰랐다는 핑계를 댈 수 없도록, 바에 있는 사람들이 모두 듣는 가운데 그 이야기를 해줄 작정이었다. 어쩌면 손님들은 이방인의 덜미를 잡아 경찰서로 직접 끌고 가고, 그녀에겐 마을의 평화에 기여한 대가로 금괴를 한몫 떼줄지도 모를 일이었다. 그들이 그녀의 말을 헛소리로 듣지만 않는다면 말이다. 그리고 이방인은 인간은 선하다─그것은 사실이 아니었다─는 확신을 가지고 마을을 떠날 것이다.

그들은 모두 무식하고 고지식하고 체념에 빠져 있다. 그들은 습관적으로 믿는 것 외에 다른 것은 좀처럼 믿으려 들지 않는다. 그들은 모두 신을 두려워한다. 그녀까지 포함해서 그들은 모두 운명을 바꿀 수 있는 결정적인 순간에 슬그머니 꼬리를 감출 정도로 비겁하다. 선의란 존재하지 않는다. 비겁한 인간들이 모여 사는 지상에도, 악으로부터 해방시켜달라고 빌면서 평생을 보내게 할 목적으로 닥치는 대로 우리에게 고통을 쏟아붓는 전능한 신이 사는 하늘에도.

기온이 뚝 떨어졌다. 샹탈은 몸을 덥히기 위해 서둘러 아침을 준비했다. 사흘 동안이나 잠을 설쳤지만 힘이 솟는 걸 느꼈다. 그녀만 비겁한 건 아니었다. 오히려 다른 이들은 삶을 '무익한 경쟁'으로 여기고, 두려움을 관대함으로 혼동하고 있었다. 그녀는 최소한 자신의 비겁함은 의식하고 있었다.

샹탈은 이웃 도시의 약국에서 일하다가 20년 전에 해고당한 베스코스의 한 주민을 떠올렸다. 그는 해고를 당하고도 보상금을 요구하지 않았다. 절친하게 지냈던 사장에게 상처를 주고 싶지 않고, 안 그래도 그를 해고할 정도로 큰 재정적 어려움을 겪고 있는 약국에 더이상 부담을 주기 싫다는 것이 그가 내세운 이유였다. 헛소리! 그 사람은 비겁했기 때문에 자신의 법적 권리를 주장하지 않았던 것이다. 그는 어떻게든 사랑받길 원했으며 사장이 계속 자신을 너그럽고 우애가 넘치는 사람으로 여겨주길 바랐던 것이다. 얼마 후, 돈이 궁해진 그는 사장을 찾아가 돈을 좀 빌려달라고 부탁했다. 사장은 일언지하에 거절했다. '군소리 없이 사표

에 서명하지 않았나? 이제 자네는 나에게 아무것도 요구할 게 없네!'

'그 사람한텐 오히려 잘된 일이야.' 샹탈은 생각했다. 자비를 베푸는 것, 그것은 단호한 입장을 취하기를 두려워하는 사람들이나 하는 짓이었다. 다른 사람들에 맞서 자기 권리를 주장하는 것보다는 자신의 선의를 믿는 것이 훨씬 더 쉬운 일이니까. 용기를 내어 자신보다 강한 상대와 대결을 벌이는 것보다는 모욕을 당하고도 그냥 물러서는 것이 더 쉬운 일이니까. 우리는 늘 누군가가 우리를 향해 던진 돌에 맞지 않았다고 자위하는 것이다. 밤이 되어 혼자일 때, 아내나 남편, 혹은 친구가 잠들었을 때에야 우리는 말없이 자신의 비겁함을 한탄한다.

샹탈은 '빨리 저녁이 왔으면!' 하고 생각하며 커피를 마셨다. 그날 저녁 그녀는 이 마을을 파괴할 것이었다, 베스코스와 끝장을 볼 것이었다. 젊은 세대들이 다른 도시로 이주해 둥지를 틀고 '무익한 경쟁'의 소용돌이 속에서 멋진 삶을 영위하고 있어서 아이들이 없는 마을, 어차피 한 세대가 지나기도 전에 사라질 마을이었다.

하루는 천천히 흘러갔다. 잿빛 하늘, 낮게 깔린 구름 때문인지 시간이 한없이 늘어지는 것 같은 느낌이었다. 안개에 가려 산들이 보이지 않았고, 마을은 마치 세상에서 완전히 고립된, 지상에서 사람이 사는 유일한 곳인 듯 보였다. 샹탈은 창문을 통해, 이방인이 호텔에서 나와 늘 하던 대로 산 쪽으로 가는 것을 보았다. 그녀는 자신의 금괴 때문에 걱정이 되었다. 하지만 곧 마음을 놓았다. 호텔 숙박비 일주일치를 이미 지불했으니 그는 아직 떠나지 않을 것이다. 가난한 사람들과는 달리 부자들은 한푼이라도 헛되이 쓰는 법이 없으니까.

그녀는 책을 읽어보려고 했지만 집중이 되질 않았다. 그래서 마을을 한 바퀴 돌아보기로 했다. 그녀가 마주친 사람은 문 앞에 의자를 내놓고 앉아 주변에서 일어나는 일들을 주의 깊게 바라보며 하루를 보내는 과부 베르타뿐이었다.

"날씨가 더 나빠지겠어."

베르타가 말했다.

샹탈은 속으로, 할 일 없는 사람들이 왜 날씨에 그토록 관심이 많은지 모르겠다고 생각했다. 그녀는 고개를 끄덕여 대답하고 가던 길을 계속 갔다. 베르타와는 베스코스에서 살아온 그 긴 세월 동안 이미 온갖 대화를 나눠 더이상 할 얘기가 없었다. 한때, 샹탈은 베르타가 사냥중에 생긴 사고로 남편을 잃은 후에도 안정된 생활을 해나가는 것을 보고 용기 있는 여자라고 생각한 적이 있었다. 베르타는 갖고 있던 것을 팔아 마련한 돈과 남편 앞으로 들어놓았던 생명보험 보상금을 은행에 예치시키고 그 이자로 살아가고 있었다. 하지만 세월이 흐르면서 샹탈의 관심은 베르타에게서 점점 멀어져갔다. 그녀는 무슨 일이 있어도 피하고 싶은 운명의 모습을 베르타에게서 보았던 것이다. 안된다, 절대로. 일 년 내내, 심지어 겨울에는 옷을 두툼하게 껴입고 마치 관망대라도 되는 양 의자에 앉아 흥미로운 것도, 중요한 것도, 보기 좋은 것도, 아무것도 없는 주변을 바라보며 삶을 마칠 수는 없었다.

그녀는 안개가 겹겹이 쌓여 있는 인근 숲으로 들어갔다. 그곳의 오솔길, 나무, 바위들을 훤히 꿰고 있었기 때문에 조금도 두렵지 않았다. 그녀는 걸으면서 저녁에 일어날 일을 미리 상상해보았다. 분명 흥미진진할 것이다. 그리고 이방인의 제안을 어떻게 전할지 궁리했다. 보고 들은 걸 있는 그대로 전하는 것으로 만족해야 할까? 아니면 그녀로 하여금 지난 사흘간 잠을 설치게 만든 그 사내의 스타일을 빌려 박진감 넘치는 이야기로 꾸며볼까?

'아주 위험한, 내가 만난 어느 사냥꾼보다도 더 위험한 사내.'

문득 샹탈은 이방인만큼이나 위험한 인물이 또 있다는 걸 알아차렸다. 그것은 바로 그녀 자신이었다. 나흘 전까지만 해도 그녀는 자신이 스스로에게, 뻔한 미래에, 베스코스에서의 삶이 그리 나쁘지만은 않다는 사실에 익숙해져가고 있다는 것을, '작은 천국'이라는 감탄사를 연발하는 관광객들로 북적이는 여름에는 즐

겹기까지 했다는 것을 깨닫지 못했었다.

그런데 지금은 괴물들이 무덤에서 나와 밤마다 그녀를 괴롭히고, 그녀를 신으로부터, 그리고 자신의 운명으로부터 버림받은 불행한 여자로 만들어놓았다. 더욱 견딜 수 없는 것은 그 괴물들이 그녀의 영혼을 밤낮없이 갉아먹는 그 회한을 숲속으로, 일터로, 흔치 않은 만남의 순간으로, 수시로 찾아오는 고독의 순간으로 끊임없이 끌고 다니며 느끼도록 만든다는 것이었다.

'그 남자에게 천벌이 떨어지기를. 그리고 그 남자가 지나갈 길목을 지키고 있었던 나에게도.'

그녀는 돌아가기로 마음먹었다. 그녀는 자기 삶의 매 순간을 후회하고 있었다. 또한 그녀를 낳다 돌아가신 어머니를, 그녀에게 착하고 정직하게 살아야 한다고 가르치신 할머니를, 그녀를 두고 떠나버린 친구들을, 그녀에게 달라붙어 떨어지지 않는 운명을 저주했다.

베르타는 여전히 의자에 그대로 앉아 있었다.

"뭐가 그렇게 바쁘니? 이리 와서 잠시 쉬었다 가렴."

샹탈은 초대에 응했다. 시간을 빨리 보내기 위해 무엇이든 하고 싶었다.

"마을이 변하고 있는 것 같지 않아? 뭔가 달라졌어. 간밤엔 저주받은 늑대까지 울어대고 말이야."

샹탈은 안도의 한숨을 내쉬었다. 저주받았건 아니건 어젯밤에 늑대 우는 소리를 들은 게 그녀만은 아니었던 것이다.

"이 마을은 결코 변하지 않아요. 계절만 바뀔 뿐이죠. 벌써 겨울이네요."

"아니야. 이방인이 와서 그래."

샹탈은 소스라치게 놀랐다. 그가 다른 누군가에게 벌써 이야기해버린 것일까?

"이방인이 온 것하고 베스코스하고 무슨 상관이 있어요?"

"난 날마다 주변을 바라보며 시간을 보내고 있잖니. 어떤 사람들은 시간낭비라고 생각하지. 하지만 그게 내가 그토록 사랑한 사람의 죽음을 받아들이는 유일한 방법이란다. 나는 여기 앉아 계절들이 스쳐 지나가는 것을, 나뭇잎들이 떨어지고 다시 움트는 것을 바라봐. 하지만 때때로 예상 밖의 요소가 결정적인 변화를 일으키기도 하지. 사람들 말로는 주변의 산들이 아주 오래 전에 일어난 지진 때문에 생긴 거라고 하더구나."

학교에서 그렇게 배운 샹탈은 고개를 끄덕여 응수했다.

"그런 일은 일단 일어나면 결코 진처럼 돌이킬 수가 없지. 난 지금 그런 일이 일어날까봐 두렵구나."

베르타가 이방인에 대해 뭔가 알고 있다는 생각이 들었다. 샹탈은 갑자기 그녀에게 모든 것을 털어놓고 싶어졌다. 하지만 샹탈은 애써 침묵을 지켰다. 베르타가 말을 이었다.

"난 우리의 위대한 개혁자, 우리의 영웅 성 사뱅에게 축복받은 아합을 생각한단다."

"왜 아합이죠?"

"아무리 하찮은 일이라도 모든 걸 파괴할 수 있다는 걸 알았던 사람이니까. 아합은 극악무도한 강도들을 몰아내 마을을 평정하고 베스코스의 농업과 상업을 현대화시켰단다. 어느 날 그는 맛있는 고기요리를 대접하려고 친구들을 저녁식사에 초대했어. 그런데 고기를 굽다보니 소금이 다 떨어진 거야.

아합이 아들에게 말했지.

'식료품 가게에 가서 소금을 좀 사오너라. 더도 덜도 말고 꼭 정가에 사와야 한다.'

의아하게 생각한 아들이 물었어.

'아버지, 비싸게 주고 사면 안 된다는 건 이해를 하겠습니다. 하지만 흥정해서 가격을 깎을 수 있다면 돈이 절약될 텐데, 왜 그래선 안 되는 거죠?'

'큰 도시라면 흥정을 하라고 권하겠다만, 베스코스처럼 작은 마을에서 그렇게 행동했다가는 재난이 닥칠 수도 있다.'

아들이 심부름을 하러 집을 나서자, 부자간의 대화를 들은 손님들이 왜 소금 가격을 흥정해서는 안 되는지 알고 싶어했어. 그러자 아합은 이렇게 대답했지.

'파는 물건의 값을 깎아주는 사람은 분명 돈이 절실히 필요해서 그럴 겁니다. 그런 상황을 이용하는 것은 뭔가를 생산하기 위해 열심히 일한 사람의 땀과 노력을 멸시하는 거나 다름없습니다.'

설마 소금값 흥정 같은 하찮은 일로 마을이 파멸하겠냐고 생각하겠지?

세상이 처음 생겼을 때 불의는 거의 없다시피 했단다. 그런데 세대마다 이쯤이야, 하는 생각으로 조금씩 불의를 덧붙이다보니 점점 불어나 요즘 같은 세상이 되어버린 거야."

"이방인처럼 말이죠, 안 그래요?"

베르타가 이방인과 대화를 나눈 사실을 털어놓기를 기대하며 샹탈이 물었다.

하지만 베르타는 침묵을 지켰다. 샹탈이 다시 물었다.

"아합이 왜 그토록 베스코스를 구하고자 했는지 정말 알고 싶어요. 당시 이 마을은 범죄자들의 소굴이었잖아요. 그리고 지금은 비겁자들의 마을이고요."

베르타는 분명 뭔가 알고 있었다. 그녀가 그것을 이방인을 통해 알았는지 아닌지 알아내는 문제가 남아 있었다.

"맞아. 하지만 비겁하다고 말할 수 있는지는 잘 모르겠구나. 사람은 누구나 변화를 두려워한다고 난 생각해. 베스코스의 주민들은 모두 이 마을이 늘 그래왔듯 땅을 경작하고 가축을 키우는 곳이길 바라지. 관광객과 사냥꾼을 열렬히 환영하면서도, 모두 이곳이 다음날 무슨 일이 일어날지 정확히 알 수 있는 곳, 예측할 수 없는 것이라곤 자연재해뿐인 곳으로 남아 있기를 바라잖니. 그게 아마 평화를 유지하는 한 방법이겠지. 하지만 한 가지 점에선 나도 너랑 같은 생각이란다. 그들은 자신들이 모든 것을 통제하고 있다고 생각하지만 실상 아무것도 통제하지 못하고 있어."

"맞아요, 그들은 아무것도 통제하지 못하고 있어요."

샹탈이 말했다.

"이미 기록되어 있는 것에 점 하나라도 덧붙일 사람은 아무도 없지."

베르타가 성서를 인용해 말했다.

"하지만 우린 그런 환상을 갖고 살고 싶어하지. 그것도 스스로를 안심시키는 한 방법이란다. 안전이라는 헛된 환상 속으로 도피해 삶의 역경에 제대로 대처하지도 못하면서 세상을 통제하고 있다고 믿는 것은 어리석은 짓이지만, 그것도 삶을 선택하는 하나의 방식이지. 전혀 예상치 못한 순간에 지진으로 산들이 솟아오르고, 봄이 오면 잎을 무성하게 피울 나무가 벼락에 맞아 죽고,

선량한 사람이 사고로 목숨을 잃지만 말이다."

이어 베르타는 자기 남편이 어떻게 죽었는지 또다시 이야기를 꺼냈다. 그는 이 지역에서 가장 존경받는 사냥 안내인들 중의 하나였다. 그는 사냥을 야만적인 스포츠가 아니라 이 지역의 전통을 이어가는 예술로 여기는 사람이었다. 그의 노력으로 베스코스에 동물공원이 만들어졌다. 읍의 관리들은 멸종 위기에 처한 동물들을 보호하기 위한 법령을 공포했고, 사냥을 엄격히 규제했다. 사냥을 허락할 경우에도 사냥감 한 마리당 세금을 지불하게 하여 마을 복지에 사용했다.

베르타의 남편은 다른 사냥꾼들에게 사냥이 일종의 삶의 지혜라는 것을 가르치려고 애썼다. 돈은 많지만 경험은 거의 없는 사람이 사냥을 가르쳐달라고 부탁하면, 그는 그 사람을 한적한 곳으로 데려갔다. 그러고는 바위 위에 빈 깡통을 놓고 50미터 정도 떨어져서는 단 한 발로 깡통을 명중시켰다.

"전 이 지역에서 제일가는 명사수입니다. 이제 저처럼 총을 잘 쏠 수 있는 방법을 가르쳐드리겠습니다."

그는 바위 위에 빈 깡통을 다시 세워놓고 50미터 정도 떨어진 자리로 되돌아왔다. 그러고는 주머니에서 붕대를 꺼내 자기 눈을 가려달라고 했다. 그는 붕대로 눈을 가린 채 총을 어깨에 대고 방아쇠를 당겼다.

"제가 맞추었나요?"

그가 붕대를 풀며 물었다.

"물론 빗나갔죠. 총알이 많이 비껴갔어요. 당신한텐 배울 게 아무것도 없을 것 같군요."

잘난 척하던 스승 꼴이 우습게 된 것을 보고 고소해하며 초보 사냥꾼이 대답했다.

"전 방금 당신에게 가장 중요한 삶의 교훈을 가르쳐드렸습니다."

베르타의 남편이 말했다.

"성공하고자 할 때마다 두 눈을 크게 뜨고 집중하여 당신이 원하는 것이 정확하게 무엇인지 알도록 하십시오. 어느 누구도 눈을 감고 표적을 맞출 수는 없습니다."

어느 날, 그는 또다른 사냥꾼에게 가르침을 주기 위해 함께 나갔다. 그가 빈 깡통을 다시 올려놓으러 가자, 그 사냥꾼은 이제 자기가 총을 쏠 차례라고 생각했다. 그리고 베르타의 남편이 자기 곁으로 돌아오기도 전에 방아쇠를 당겼다. 그는 깡통은 못 맞췄지만 스승의 머리를 맞추고 말았다. 그는 두 눈을 똑바로 뜨고 목표에 집중하라는 훌륭한 가르침을 받을 기회조차 없었다.

"전 이제 그만 가봐야겠어요. 날이 어둡기 전에 해야 할 일이 있거든요."

상탈이 말했다.

베르타는 좋은 하루를 보내라고 말하고는 성당을 따라 나 있는 골목길 안으로 사라지는 상탈을 눈으로 좇았다. 오랜 세월 동안 문 앞에 나와 앉아 산과 구름들을 바라보고 고인(故人)이 된 남편과 마음속으로 잡담을 나누다보니, 그녀는 사람 '보는' 법을 알게 되었다. 크게 배운 것이 없는 그녀는 다른 사람이 주는 다양한 느낌들을 묘사하기 위해 '본다'는 말 외에 다른 말을 떠올리지 못했다. 하지만 실제로 그녀에게 일어나는 일은 그런 것이었다. 그녀는 다른 사람들의 속내를 '구별'했고, 그들이 무엇을 느끼는지 알 수 있었다.

모든 것이 그녀의 유일한 사랑, 남편의 장례식 날 시작되었다. 설움이 복받쳐 흐느끼고 있을 때 곁에 있던 한 꼬마가 왜 그렇게 슬퍼하느냐고 물었다.

베르타는 죽음이나 영원한 작별이라는 말로 아이를 혼란에 빠뜨리고 싶지 않았다. 그래서 그냥 남편이 먼 곳으로 떠나 영영 베스코스로 돌아오지 않을 것이기 때문에 그런다고 대답했다. 그러자 꼬마가 말했다.

"아저씨가 장난을 치셨나봐요. 제가 조금 전에 무덤 뒤에 숨어 있는 아저씨를 본 걸요. 수프 숟가락을 손에 들고 웃고 계셨어요."

꼬마의 엄마가 그 소리를 듣고는 심하게 꾸짖으며 변명했다. "아이들은 끊임없이 뭔가를 본다니까요." 하지만 베르타는 곧 울음을 그치고 꼬마가 가리킨 무덤 쪽을 바라보았다. 남편에게는 늘 같은 숟가락으로 수프를 먹어야 하는, 베르타가 아무리 잔소리를 해도 고쳐지지 않는 편집증이 있었다. 하지만 사람들이 그를 이상하게 여길까봐 아무한테도 그 얘길 한 적이 없었다. 그녀는 아이가 정말로 남편을 봤다는 것을 알 수 있었다. 수프 숟가락이 그 증거였다. 아이들은 어른의 눈에는 보이지 않는 어떤 것들을 '본다'. 비록 유령이라 할지라도 남편을 자기 곁에 두고 이야기를 나누고 싶었기 때문에 베르타는 '보는' 법을 배우기로 마음먹었다.

처음에는 그가 자기 앞에 나타나기만을 기다리며 거의 외출을 삼가고 집에만 틀어박혀 지냈다. 그러던 어느 날, 그녀는 집 문턱에 앉아 주의를 기울여 사람들을 살펴야 한다는 일종의 예감을 느꼈다. 그녀는 남편이 그녀가 좀더 즐겁게 살면서 마을에서 일어나는 일에 더 많이 참여하길 바란다는 것을 깨달았다. 그녀는 집 앞에 의자를 내놓고 앉아 산을 바라보았다. 베스코스의 거리에는 인적이 드물었다. 그런데 바로 그날, 이웃 마을에서 온 한 아낙이 장에서 질 좋은 식기들을 아주 싼 가격에 팔고 있더라며 베르타의 남편이 사용했던 것과 똑같이 생긴 숟가락 하나를 장바구니에서 꺼내 보였다.

베르타는 이제 두 번 다시 남편을 보지 못할 거라고 확신했다. 하지만 그가 마을을 살피라고 부탁한 것이라면 그의 의지에 따를 것이다. 시간이 지남에 따라 그녀는 자신의 왼편에 뭔가가 있다는 느낌이 들기 시작했다. 그녀는 그가 그녀의 외로움을 덜어주기 위해, 그녀를 위험으로부터 보호해주기 위해, 그리고 특히 메시지를 담고 있는 듯한 모양을 한 구름처럼 다른 사람들이 느끼지 못하는 것들을 보는 법을 가르쳐주기 위해 자기 곁에 머물러 있는 거라고 확신했다. 그와 마주 보려고 하자마자 곧 그의 존재감이 사라져버리는 것을 느끼고 그녀는 약간 슬펐다. 하지만 곧 직감을 사용하면 그와의 의사소통이 가능하다는 것을 알게 됐다. 이윽고 그들은 가능한 모든 주제에 대해 긴 대화를 나누기 시작했다.

3년 후, 그녀는 다른 사람들이 느끼고 있는 감정을 '볼' 수 있었고, 생명보험 보상금 액수에 대한 보험사측의 타협을 받아들이지 말라든지, 파산하기 전에 미리 은행을 바꾸라든지 하는 아주 유익하고 실용적인 충고들을 알아들을 수 있었다.

어느 날, 그것이 언제였는지는 정확히 기억나지 않지만, 그는 그녀에게 베스코스가 파멸에 이를 수도 있다고 말했다. 순간, 베르타는 지평선에 새로운 산들을 솟아오르게 하는 지진을 떠올렸다. 하지만 남편은 그런 일은 적어도 천년의 세월이 흐르기 전에는 일어나지 않을 거라고 그녀를 안심시켰다. 정확히 어떤 것인지는 몰랐지만, 그가 두려워하는 것은 다른 종류의 파멸이었다. 어쨌거나 그녀는 주의를 게을리 하지 말아야 했다. 베스코스는 남편의 마을이며, 희망했던 것보다 훨씬 빨리 떠나기는 했지만 그가 세상에서 가장 사랑했던 곳이니까.

베르타는 사람과 구름의 모양, 그리고 잠시 머무는 사냥꾼들을 점점 더 유심히 살피기 시작했다. 하지만 남몰래 누군가가 아무런 잘못을 저지른 적이 없는 이 마을을 파괴할 준비를 하고 있다는 조짐은 전혀 보이지 않았다. 하지만 그녀의 남편은 경계를 늦추지 말라고 간곡히 부탁했고, 그녀는 그의 충고에 따랐다.

사흘 전, 그녀는 이방인이 악마를 대동하고 마을로 들어서는 것을 보았고 자신의 기다림이 마침내 끝났다는 것을 깨달았다. 그리고 오늘, 그녀는 샹탈이 악마와 천사에 에워싸여 있는 것을 보았다. 그 두 가지 사실에 대해, 그 연관성에 대해 그녀는 곰곰이 생각했다. 그리고 마을에서 뭔가 심상치 않은 일이 벌어지고 있다는 결론을 내렸다.

그녀는 혼자 미소를 짓고는 왼쪽을 바라보며 살며시 키스하는 시늉을 했다. 그녀는 쓸모없는 늙은이가 아니었다. 그녀에겐 해야 할 아주 중요한 일이 있었다. 무엇을 해야 할지는 아직 모르지만, 마을을 악마로부터 지켜내야 했다.

샹탈은 생각에 잠겨 있는 베르타를 놔두고 자기 방으로 돌아왔다. 베스코스 주민들 사이에 떠도는 이야기에 따르면, 베르타는 늙은 마녀였다. 사람들은 그녀가 일 년 동안 두문불출하며 집에서 마법을 배웠다고들 했다. 샹탈은 그녀에게 마법을 가르쳐준 게 누구냐고 물었었다. 어떤 사람들은 밤에 악마가 나타나 직접 가르쳤을 거라고 했고, 또 어떤 사람들은 그녀가 부모에게서 전해들은 주문을 사용해 켈트족 마법사를 불러냈을 거라고 했다. 하지만 그 일을 심각하게 여기는 사람은 아무도 없었다. 베르타는 남에게 해를 끼친 적이 없고, 누구든 원하면 언제나 이야기를 들려줄 준비가 되어 있는 마음씨 좋은 할머니였으니까.

마을 사람들은 이 결론에 모두 동의하면서도 여전히 같은 얘기를 해댔다. 순간, 샹탈은 문고리를 잡은 채로 돌처럼 굳어졌다. 베르타에게서 남편의 죽음에 대한 이야기를 숱하게 들었지만 그 이야기에 아주 중요한 교훈이 담겨 있다는 것을 이제야 깨달았던 것이다. 그녀는 조금 전의 숲속 산책을 떠올렸고, 자신의 가슴속에서 끓어오르던 증오를 떠올렸다. 마을과 주민들, 그들의 후손들, 그리고 그래야만 한다면 그녀 자신까지, 사정권 안에 있는 모든 것을 닥치는 대로 파괴하고 싶은 증오 말이다.

하지만 사실대로 말하자면 그 증오의 진정한 표적은 이방인이었다. 정신을 집중하고 방아쇠를 당겨 사냥감을 성공적으로 죽이는 것. 그러자면 우선 치밀한 계획을 세워야만 했다. 저녁에 바로 비밀을 털어놓는 것은 어리석은 짓이었다. 자칫 상황이 통제할 수 없는 지경으로 변해버릴 테니까. 그녀는 이방인과의 만남에 대한 이야기를 하루나 이틀 더 미루기로 마음먹었다.

6

 그날 저녁, 이방인은 평상시처럼 손님들에게 돌린 음료값을 계산하면서 샹탈에게 남몰래 쪽지를 건네주었다. 그녀는 아무 일도 아닌 듯이 그것을 받아 주머니 속에 넣었다. 그날 저녁 이방인은 이미 여러 차례 그녀와 눈을 맞추려고 했다. 이젠 역할이 뒤바뀌어 있었다. 상황을 주도하는 것은 그녀였다. 대결 장소와 시간을 택하는 것은 그녀의 몫이었다. 훌륭한 사냥꾼들은 그렇게 행동했다. 그들은 사냥감이 스스로 다가올 수밖에 없게끔 상황을 유도하는 것이다.

 그날 밤 자기 방에 도착한 그녀는 푹 잘 수 있을 거라는 느낌을 가지고 쪽지를 읽어보았다. 이방인은 그녀와 처음 만났던 장소에서 다시 만나고 싶다고 제안해왔다. 그러고는 자기는 단둘이 애기하고 싶지만, 원한다면 사람들을 모두 모아놓고 얘기해도 좋다고 덧붙였다.

그녀는 쪽지에서 풍기는 은근한 위협을 느꼈다. 그러나 그녀는 겁을 먹기는커녕 그런 쪽지를 받았다는 사실이 만족스러웠다. 그것은 그가 통제력을 상실해가고 있다는 증거였다. 위험한 자들은 결코 그렇게 행동하지 않았다. 베스코스를 평정한 위대한 아합은 말했다. "세상에는 두 종류의 바보가 있다. 위협받는다고 해서 어떤 일을 포기하는 바보와 타인을 위협할 수 있다고 해서 어떤 일을 하려 드는 바보."

그녀는 쪽지를 갈가리 찢어 변기 속에 던져넣고 물을 내렸다. 그러고는 뜨거운 목욕을 하고 미소를 지으며 이불 속으로 미끄러져 들어갔다. 그녀는 원하는 상황을 이끌어냈다. 그녀는 이방인과 혼자서 대면할 것이다. 그를 어떻게 물리쳐야 할지 알려면 먼저 그를 더 잘 알아야 할 테니까.

그녀는 금방 잠이 들었다. 원기를 회복시켜주는, 달고 깊은 잠이었다. 그녀는 선과 하룻밤, 악과 하룻밤, 그리고 다시 악과 하룻밤을 보냈다. 그 둘 중 어느 쪽도 승리를 거두지는 못했다. 그녀 역시 그랬다. 그들은 여전히 그녀의 영혼 속에 살아 있었다. 이제 그들은 누가 더 강한지 보여주기 위해 싸우기 시작했다.

7

 이방인이 시냇가에 도착했을 때, 샹탈은 쏟아지는 비를 맞으며 그를 기다리고 있었다.
 "돌풍이 다시 불기 시작했어."
 "날씨 얘기나 하자고 만나자고 한 건 아니겠죠? 비가 오는 것뿐이에요. 편안하게 얘길 나눌 수 있는 장소로 안내할게요."
 그녀는 길쭉한 모양의 천 가방을 집어들며 말했다.
 "가방 안에 총이 들어 있군."
 이방인이 말했다.
 "그래요."
 "날 죽일 작정인가."
 "맞아요. 성공할 수 있을지는 모르겠지만 정말 당신을 죽이고 싶어요. 하지만 총을 가지고 온 데는 또다른 이유도 있어요. 오가는 길에 저주받은 늑대와 마주칠 수도 있으니까요. 내가 그놈을 쏴죽이면 베스코스 주민들이 절 존중하게 될 거예요. 어젯밤 분명히 그놈이 울어대는 걸 들었는데, 아무도 제 말을 믿으려 들지 않았어요."

"저주받은 늑대?"

그녀는 자신의 적 — 그녀는 그 사실을 잊지 않고 있었다 — 에게 친근하게 굴어야 할지 어떨지를 두고 잠시 망설였다. 때마침 전에 읽었던 책의 한 구절이 떠올랐다. 일본 무술에 관한 책이었는데, 상대를 무력하게 만드는 최선의 방법은 상대로 하여금 자기편이라고 믿게 만드는 거라는 내용이었다. 그녀는 돈이 아까워 책을 사지는 않았지만 호텔 손님들이 두고 간 책은 무엇이든 닥치는 대로 읽었다.

비바람에 아랑곳하지 않고 길을 걸으며, 그녀는 저주받은 늑대 이야기를 들려주었다. 2년 전 어떤 사람이, 구체적으로 말하자면 베스코스의 대장장이가 숲속을 돌아다니다가 새끼를 데리고 다니는 늑대 한 마리와 마주쳤다. 겁이 더럭 난 그는 굵은 나뭇가지를 집어들고 늑대를 향해 휘둘렀다. 대개의 경우 그렇게 하면 늑대는 그냥 달아났는데, 새끼들을 데리고 있었던 터라 그랬는지 늑대는 역습을 가해 대장장이의 다리를 물었다. 직업상 힘이 만만찮게 셌던 대장장이는 들고 있던 나뭇가지로 마구 후려쳐 늑대를 물러나게 하는 데 성공했다. 늑대는 곧 새끼들을 데리고 덤불 속으로 사라졌다. 그 늑대에 대해 알려진 것은 왼쪽 귀에 흰 얼룩이 있다는 것이 전부였다.

"그런데 왜 저주받은 늑대지?"

"짐승은 아무리 사나운 놈이라도 먼저 사람을 공격하진 않아요. 새끼를 보호해야 한다거나 하는 특별한 상황이 아니면 말이죠. 그런데 일단 사람의 피맛을 보게 되면 달라져요. 또다시 그 맛을 즐기고 싶어하기 때문에 아주 위험해요. 살인동물로 변하는 거죠. 베스코스 주민들은 그 늑대가 또다시 사람을 공격해올 거라고 생각하고 있어요."

'내 이야기 같군.'

이방인은 속으로 생각했다.

샹탈은 걸음을 빨리 했다. 그녀는 젊고 튼튼했다. 그녀는 사내가 헐떡이는 꼴을 보고 싶었다. 그걸 보며 심리적 우월감을 얻고, 그에게는 굴욕감을 안겨주고 싶었다. 하지만 그는 숨이 약간 거칠어졌을 뿐 조금도 뒤처지지 않았고, 걸음을 늦추자고도 하지 않았다.

그들은 사냥꾼들이 매복할 때 이용하는, 잘 은폐된 자그마한 오두막에 도착했다. 둘은 꽁꽁 언 두 손을 비비며 그 안에 들어가

앉았다.

"뭘 원하시죠? 왜 저한테 쪽지를 건네셨어요?"

그녀가 물었다.

"당신한테 수수께끼를 하나 내겠소. 우리 생애에 결코 오지 않는 날이 있는데, 어떤 날이겠소?"

샹탈은 뭐라고 대답해야 할지 몰랐다.

"바로 내일이오. 보아하니 당신은 오지 않을 내일을 기다리며 내가 부탁한 일을 하루하루 미루고 있는 게 분명하오. 벌써 주말이 다가오고 있소. 당신이 계속 입을 다물 작정이라면, 내가 직접 말하겠소."

샹탈은 비좁은 오두막에서 나와 천 가방을 열고는 총을 꺼내들었다. 이방인은 아무것도 못 본 듯이 행동했다.

"당신은 금괴에 손을 댔소. 만약 당신이 이 경험을 책으로 써낸다면, 많은 난제와 불의, 물질적인 불편을 매일 겪으며 살아가는 대다수의 독자들이 어떻게 생각할 것 같소? 당신이 그 금괴를 가지고 달아나는 것을 보고 싶어할 거라고 생각하오?"

"모르겠어요."

총알을 장전하면서 그녀가 말했다.

"나 역시 모르겠소. 그게 바로 내가 기다리는 대답이오."

샹탈은 두번째 총알을 장전했다.

"당신은 날 죽일 각오가 되어 있소. 그 저주받은 늑대 얘기로 날 안심시키려 애쓰지 않아도 되오. 당신은 날 죽임으로써 내가 나 자신에게 던졌던 질문에 답하는 셈이 될 것이오. 인간은 본질적으로 악하다, 산골 마을의 호텔 바에서 일하는 여종업원도 돈 때문에 범죄를 저지를 수 있다, 이 대답 말이오. 나는 죽을 것이오. 하지만 원하는 대답을 얻었으니 기쁘게 죽을 것이오."

"받아요."

샹탈이 그에게 총을 건네주며 말했다.

"제가 당신과 만났다는 사실을 아는 사람은 아무도 없어요. 당신이 호텔 숙박부에 기재한 내용들도 모두 가짜죠. 원한다면 당신은 언제든 떠날 수 있어요. 세상 어디든 갈 수 있는 돈이 있잖아요. 굳이 명사수일 필요도 없어요. 총을 저한테 대고 방아쇠를 당기기만 하면 되니까요. 그 총에는 몸집이 큰 짐승이나 사람을 죽일 수 있는 노루 사냥용 총알이 장전되어 있어요. 보기 끔찍한 상처들이 생기겠지만, 비위가 약하다면 시선을 돌리고 쏘면 돼요."

사내는 방아쇠에 검지를 걸고 샹탈을 향해 총구를 겨냥했다. 샹탈은 그가 마치 직업 사냥꾼처럼 총을 능숙하게 쥐는 것을 보고 놀랐다. 그들은 한참 동안 그렇게 꼼짝도 하지 않고 있었다. 그녀는 총이 우발적으로 발사될 수도 있다는 것을 알고 있었다. 예기치 못한 소리나 짐승의 울음소리에 손가락을 움찔하는 것만으로도 충분했다. 그녀는 문득 자신이 얼마나 유치한 짓을 했는지 깨달았다. 다른 사람들에게 요구하는 것을 정작 당신 자신은 할 수 없지 않느냐며 그를 자극하는 즐거움을 위해 목숨까지 내걸 필요가 있었을까?

이방인은 총을 겨냥한 자세 그대로 돌처럼 굳어버린 것 같았다. 그는 눈을 깜박이지도, 손을 떨지도 않았다. 그에게 도전해오는 이 아가씨와 끝장을 보는 것도 그리 나쁘지는 않다고 생각했지만 그러기엔 이미 늦어버렸다. 샹탈이 자신의 제안을 취소하고 사과하기 위해 입을 열려는 순간, 이방인이 먼저 총을 내렸다.

"당신이 느끼는 공포가 마치 손에 만져지는 것 같소."

총을 그녀에게 건네주며 그가 말을 이었다.

"쏟아지는 이 빗속에도 당신의 땀구멍마다 맺힌 땀냄새를 맡을 수 있고, 나뭇잎들을 흔들어대는 바람 소리에도 당신 가슴속에서 방망이질치는 심장 소리가 들리니 말이오."

"당신 요구대로 하겠어요."

자신을 너무나 잘 들여다보는 그의 말을 못 들은 척하며 샹탈이 말했다.

"어쨌거나 당신은 자신의 본성에 대해, 당신이 선의 편인지 악의 편인지 더 분명히 알기 위해 베스코스에 왔어요. 전 방금 당신에게 최소한 한 가지는 분명히 알려드렸어요. 조금 전에 제가 무엇을 느꼈든 간에 당신은 방아쇠를 당길 수도 있었죠. 하지만 그렇게 하지 않았어요. 왜인지 아세요? 당신이 비겁한 사람이기 때문이에요. 당신은 자신의 갈등을 해결하기 위해 다른 사람들을 이용하고 있는 거예요. 스스로 자기 문제를 책임지고 해결할 수 없으니까."

"언젠가, 한 독일 철학자가 말했소. 신에게도 지옥이 있다, 그것은 인간에 대한 그의 사랑이다라고 말이오. 난 비겁한 사람이 아니오. 난 이미 총보다 더 악랄한 무기들을 탄생시켰소. 총보다 훨씬 성능이 뛰어난 무기들을 만들어 전 세계에 퍼뜨렸소. 정부의 허가를 얻어 합법적으로 무기들을 수출한 거요. 나는 내가 사랑했던 여인과 결혼했고, 그녀는 내게 참한 딸 둘을 낳아주었소. 나는 내 기업에서 한푼도 빼돌리지 않았고, 받아야 할 것은 강력히 요구해 모두 받아냈소.

운명의 박해를 받았다고 여기는 당신과는 달리, 나는 늘 행동했고 많은 적들과 싸워왔소. 이기기도 하고 지기도 했소만, 난 승리와 패배가 우리 모두가 살아가는 삶의 일부라고 생각해왔소. 당신이 말하는, 이기지도 않고 지지도 않는 비겁자들은 그렇게 생각하지 않겠지만.

나는 많은 책을 읽었고, 성당에 다닌 적도 있소. 신을 두려워했고, 계명들을 충실히 지켰소. 거대 기업을 운영하며 큰 돈을 버는 실업가였소. 게다가 내가 따내는 계약들에 대한 수수료까지 챙겼기 때문에 내 가족과 그 후손들까지 충분히 먹고살 재산을 모을 수 있었소. 무기 장사가 세상에서 이문이 가장 많이 남는 장사라는 건 당신도 알고 있을 거요. 나는 판매하는 무기들의 특징을 잘 알고 있었기 때문에 내가 직접 사업을 관리했소. 회사의 부정과 비리를 적발해서 거기에 연루된 사람들을 해고했고, 의심스러운 계약들은 모두 파기했소. 내 무기들은 세계의 진보와 미래의 건설에 꼭 필요한 질서유지를 위해 제조되었소. 적어도 난 그렇게 믿고 있었소."

이방인은 샹탈에게 다가가 그녀가 자신을 똑바로 쳐다보도록, 그래서 자기가 진실을 말하고 있다는 것을 이해하도록, 두 손으로 그녀의 어깨를 붙들었다.

"어쩌면 당신은 무기를 만드는 사람들을 세상에서 가장 추악한 인간으로 생각할지도 모르오. 그 생각이 옳을지도 모르지. 하지만 동굴에서 생활하던 시대부터 인간이 줄곧 무기를 사용해왔다는 건 부인할 수 없는 사실이오. 처음에는 짐승들을 잡기 위해, 그 다음에는 다른 사람들을 지배할 수 있는 권력을 획득하기 위해. 농사를 짓지 않아도, 가축을 기르지 않아도, 종교가 없어도 세상은 존재할 수 있었지만, 무기 없이는 결코 존재할 수 없었소."

그는 돌멩이를 하나 집어들더니 무게를 어림하듯 손바닥에 올려놓고 말을 이었다.

"보시오. 이게 바로 짐승들의 공격에 대응해야 했던 선사시대 인간들에게 우리의 어머니 대지가 제공한 최초의 무기요. 아마 이런 돌멩이 하나가 한 인간의 생명을 구했을 것이오. 그리고 그 인간을 시초로 긴 세대를 거쳐 당신과 내가 태어나게 된 거요. 그에게 이 돌멩이가 없었다면 어떤 육식동물이 그를 먹어치웠을 것이고, 그랬다면 수억 명에 달하는 사람들이 태어나지 못했을 거요."

바람에 흩날리는 비가 그의 얼굴을 후려쳤지만 그는 눈길을 돌리지 않았다.

"세상이 어떻게 돌아가는지 한번 보시오. 많은 사람들이 사냥꾼들을 비난하지만, 베스코스는 사냥꾼들을 두 팔 벌려 환영하고 있잖소. 그들 덕분에 마을 살림이 돌아가니까. 투우를 끔찍하다고 싫어하는 사람들도 도살장에서 온 소고기는 아무런 거리낌 없이 사먹고 있소. 그 소는 그렇게 잔혹하게 죽인 게 아니라는 핑계를 대면서 말이오. 무기를 만들어 파는 사람을 비난하는 사람들도 마찬가지요. 무기를 가진 사람이 있는 이상 그에 대응하기 위해 무기가 필요한 사람이 있을 것이오. 그렇지 않다면 힘의 균형이 심각하게 위협받겠지. 때문에 무기상들은 계속 존재할 거요."

"그게 우리 마을하고 무슨 상관이 있죠?"

샹탈이 물었다.

"도대체 그것이 계명의 위반, 범죄와 도둑질, 인간의 본질, 선과 악과 무슨 관계가 있는 거예요?"

갑자기 깊은 슬픔에 빠져들기라도 한 듯 이방인의 시선이 흐려졌다.

"내가 처음에 했던 얘기를 떠올려보시오. 나는 늘 법을 준수하면서 사업을 하려고 애썼소. 나는 나 자신이 소위 선한 사람이라고 생각하며 살았소. 그런데, 어느 날 사무실로 전화 한 통이 걸려왔소. 어떤 여자가 아무런 감정도 드러나지 않는 낮고 차가운 목소리로 말했소. 자신의 테러리스트 그룹이 방금 내 아내와 딸들을 납치했다고 말이오. 그녀가 몸값으로 요구한 것은 무기였소. 많은 양이긴 했지만 내가 내놓을 수 있는 것이었소. 그녀는 반드시 비밀을 지키라고, 시키는 대로만 하면 가족에겐 아무 일도 없을 거라고 했소.

여자는 사십 분 후에 다시 전화할 테니, 역 근처에 있는 공중전화 박스에서 연락을 기다리라고 말하고는 전화를 끊었소. 나는 그곳으로 달려갔소. 똑같은 목소리가 말했소. 걱정하지 말라고, 아내와 딸들은 무사하며 내가 우리 회사의 한 지사로 물품인도 명령서를 보내기만 하면 금방 풀려날 거라고 반복해서 말했소. 사실, 그건 아무것도 아니었소. 회사에서 아무도 눈치채지 못하도록 기장누락 판매로 처리할 수 있었으니까.

하지만 늘 법을 준수해왔고 법의 보호를 받고 있다고 느껴온 선량한 시민으로서, 전화박스로 달려가기 전에 내가 한 일은 경찰에 신고한 것이었소. 그 이후로 모든 결정은 내 손을 떠나버렸고, 나는 가족을 보호할 능력이 없는 사람이 되고 말았소. 한 조직 전체가 나 대신 작전에 돌입했소. 전화가 걸려오는 장소를 알아내기 위해 전문가들이 동원되어 전화박스 지하에 묻혀 있는 케이블에 각종 기구들을 연결했고, 헬리콥터들은 이륙할 준비를 하고, 경찰 차량들은 작전상 중요한 장소들에 배치되었으며, 특공대를 투입할 준비를 하고 있었소.

납치 사실을 알게 된 두 정부는 즉각 접촉을 갖고 일체의 협상을 거부하기로 합의했소. 내가 할 수 있는 일이라곤 당국의 명령에 따르는 것뿐이었소. 그들이 불러주는 대로 납치범들에게 대답하고, 테러 대처 전문가들이 요구하는 대로 행동하는 것뿐이었소.

그날이 채 저물기도 전에 특공대가 인질들이 억류되어 있던 납치범들의 소굴을 급습했소. 납치범들은 유력한 정치조직의 단순한 하수인들로, 별 경험이 없어 보이는 남자 둘과 여자 하나였소. 특공대는 납치범들을 벌집으로 만들어버렸소. 하지만 납치범들에겐 숨을 거두기 전에 내 아내와 딸들을 처형할 시간이 있었소. 신에게 인간에 대한 사랑이라는 지옥이 있다면, 모든 인간에게도 바로 손닿는 곳에 지옥이 있소. 그것은 가족에게 쏟는 사랑이오."

사내는 잠시 말을 멈추었다. 그는 목소리를 절제하지 못해 무슨 일이 있어도 숨기려 했던 감정이 드러날까봐 두려워하고 있었다. 잠시 후, 마음을 가라앉힌 그가 다시 말을 이었다.

"경찰도 납치범도 내 공장에서 제조된 무기들을 사용했소. 테러리스트들이 그 무기를 어떻게 손에 넣었는지는 아무도 모르오. 그리고 그건 전혀 중요치 않소. 중요한 것은, 그들이 그것들을 사용해 내 가족을 살해했다는 사실이오. 그렇소, 모든 것이 가장 엄격한 생산과 판매 규칙들에 따라 이루어지도록 그렇게 조심하고, 불법으로 유통되지 못하도록 그렇게 싸워왔는데, 내 아내와 딸들이, 어느 순간에, 필시 내가 호화식당에서 구매자와 만나 날씨와 세계화에 대한 이야기를 나누며 점심식사를 하던 중에 팔았을 무기들에 의해 살해됐던 거요."

또다시 그는 침묵했다. 다시 입을 열었을 때 그는 마치 다른 사람처럼 보였다. 그는 자기 입에서 나오는 말이 자신과는 아무 상관이 없다는 듯한 태도로 말을 이었다.

"나는 내 가족을 죽인 총과 총탄을 누구보다 잘 알고 있소. 그 살인자들이 어디다 대고 쏘았는지도 알고 있소. 바로 가슴 한가운데였소. 총알이 몸 속으로 들어갈 때는 당신 새끼손가락 크기만한 작은 구멍밖에 생기지 않소. 하지만 뼈에 닿는 즉시 총알은 네 조각으로 폭발한 후 네 방향으로 분산되어 심장, 신장, 간, 폐와 같은 주요기관들을 파괴하지. 조각 하나하나가, 예를 들어 척추와 같은 단단한 것에 닿게 되면 방향을 바꿔 몸 내부를 완전히 들쑤시고 파괴한 후, 몸 밖으로 나올 때는 주먹만한 구멍을 내고 뼈와 살이 뒤엉킨 피투성이들을 쏟아내며 나오는 거요.

이 모든 것이 채 일 초도 걸리지 않소. 죽는 데 걸리는 일 초라는 시간이 짧게 보일 수도 있지만, 시간은 그렇게 측정되는 게 아니오. 당신도 이해하리라 믿소."

샹탈은 고개를 끄덕여 동의했다.

"나는 그해가 가기 전에 사업을 접고 혼자 눈물로 고통을 삭이며, 어떻게 인간이 그런 잔인한 짓을 할 수 있는지에 대해 생각하며 세계 곳곳을 헤매고 다녔소. 난 인간이 가질 수 있는 가장 중요한 것, 즉 이웃에 대한 믿음을 상실하고 말았소. 나는 내가 선과 악의 도구였다는 것을 더없이 부조리한 방식으로 보여준 신의 아이러니에 웃고 울었소.

연민의 감정이 완전히 사라져 이제 내 마음은 황량하게 메말라 버렸소. 나에게 죽고 사는 것은 전혀 중요치 않소. 하지만 죽기 전에 나는 이해해야만 하오. 내 아내와 딸들의 이름으로 말이오. 그 테러리스트들의 소굴에서 일어났던 일을 말이오. 인간이 증오나 사랑 때문에 살인을 저지르는 것은 이해할 수 있소. 하지만 아무런 이유도 없이, 단지 하찮은 이념의 문제 때문에 사람을 죽이다니, 그게 어떻게 가능하단 말이오?

  이 모든 이야기가 당신에겐 흔히 일어나는 일로 보일 수도 있을 거요. 따지고 보면, 사람들은 매일 돈 때문에 서로를 죽이고 있으니까. 하지만 그건 내가 상관할 바 아니오. 난 내 아내와 딸들만 생각하고 있소. 그 테러리스트들의 머릿속에서 어떤 일들이 벌어졌는지 알고 싶소. 그들이 단 한순간만이라도 자신들의 전쟁과는 아무 상관 없는 내 가족들을 불쌍히 여겨 풀어줄 마음을 가졌는지 알고 싶소. 선과 악이 대결을 벌일 때, 선이 승리를 거둘 수 있는 순간이 단 일 초라도 있는지 알고 싶은 거요."

  "그게 왜 베스코스죠? 하필이면 왜 우리 마을인가요?"

  "세상에 무기를 만드는 공장이 그렇게 많은데, 그중에는 정부의 통제조차 받지 않는 곳도 있는데, 내 아내와 딸들이 하필이면 왜 내 공장에서 만든 총에 맞아 죽었겠소? 대답은 간단하오. 우연이오. 난 모든 주민들이 서로 잘 알고 사이좋게 지내는 자그마한 마을이 필요했소. 대가가 무엇인지 마을사람들이 알게 되는 순간, 선과 악이 다시 싸움을 벌일 것이오. 이미 일어났던 일이 당신 마을에서 또다시 반복될 거요.

  테러리스트들은 이미 독 안에 든 쥐였소. 그들에겐 도망칠 기회가 전혀 없었소. 그런데도 그들은 불필요하고 그릇된 의식을 거행하기 위해 무고한 사람들을 살해했던 거요. 당신 마을은 내가 누리지 못했던 것을 갖고 있소. 선택의 가능성 말이오. 주민들은 돈에 대한 갈망에 사로잡혀 있지만, 베스코스를 보호하고 구하는 것이 자신들의 임무라고 여길 수도 있소. 인질을 처형할 것인지 말 것인지를 결정할 수도 있소. 내가 관심을 갖는 것은 오직 한 가지뿐이오. 마을사람들이 그 불쌍한 납치범들과 다르게 행동할 수 있는지 알고 싶은 거요.

우리가 처음 만났을 때 이미 말한 것처럼, 한 인간의 역사는 전 인류의 역사요. 연민이라는 것이 존재한다면, 나는 내 비극을 받아들이겠소. 운명이 내겐 잔인했다고, 하지만 다른 사람들에게는 관대할 때도 있다고 말이오. 그런다고 내가 느끼는 슬픔이 가라앉거나 내 가족이 돌아오는 것은 아니겠지만, 적어도 나를 따라다니며 모든 희망을 앗아가는 악마를 몰아내주기는 할 거요."

"그럼 내가 당신의 금괴를 훔칠 수 있는지 없는지는 무엇 때문에 알고 싶은 거죠?"

"똑같은 이유에서요. 아마 당신은 세상엔 대의를 위한 범죄와 그렇지 않은 범죄가 있다고 생각할 거요. 하지만 그건 실수요. 아마 테러리스트들도 그렇게 생각했을 거요. 자신들이 쾌락, 사랑, 증오, 또는 돈 때문이 아니라 대의를 위해 살인을 저지른다고 말이오. 만약 당신이 금괴를 가져간다면 당신은 우선 당신 자신에게, 그리고 나에게 그 범죄를 설명해야 할 거요. 그럼 나는 그 살인자들이 내 소중한 존재들을 살육한 것을 어떤 식으로 정당화했는지 이해할 수 있을 거요.

이제 내가 내게 일어난 일을 이해하려고 수년 전부터 애쓰고 있는 이유를 알았을 거요. 그것이 내게 평화를 가져다줄지는 나도 모르겠소. 하지만 내겐 다른 해결책이 없소."

"내가 만약 금괴를 훔쳤다면, 당신은 두 번 다시 나를 보지 못했을 거예요."

그들이 대화를 시작한 이래 처음으로 이방인의 얼굴에 옅은 미소가 떠올랐다.

"난 무기사업을 했던 사람이오. 정보원들을 부리지 않고는 할 수 없는 사업이지."

사내는 샹탈에게 개천가까지 다시 데려다달라고 부탁했다. 혼자 길을 찾아갈 자신이 없다고 했다. 샹탈은 총을 집어 천 가방 속에 다시 넣었다. 신경이 너무 곤두서서 사냥을 하면 좀 나아질지도 모르겠다는 핑계를 대고 빌린 총이었다.

산을 내려오는 동안 그들은 단 한 마디도 나누지 않았다. 개천가에 다다르자, 사내가 걸음을 멈췄다.

"그럼 또 봅시다. 당신이 망설이는 게 이해가 되긴 하지만 더이상 기다릴 수는 없소. 당신이 당신 자신과 싸우기 위해서는 나를 좀더 자세히 알아야 할 필요가 있다고 생각해서 당신을 만나자고 한 거요. 이제 당신은 나를 알고 있소.

 나는 악마를 데리고 지상을 배회하는 인간이오. 악마를 받아들이거나 영원히 쫓아버리기 위해, 나는 몇 가지 질문에 대한 답을 얻어야 하오."

8

 포크로 유리잔을 집요하게 두드리는 소리가 울려 퍼졌다. 금요일 저녁이라 너나없이 바에 모여 담소를 즐기던 마을사람들은 일제히 소리나는 쪽으로 고개를 돌렸다. 모두에게 조용히 해줄 것을 부탁한 사람은 다름아닌 미스 프랭이었다. 마을이 생긴 이래 한낱 바 여종업원이 그렇게 대담한 짓을 한 적은 한 번도 없었다. 모두 입을 다물었다.

 '중요한 얘기가 아니기만 해봐라, 당장 해고해버릴 테니까. 내치지 않겠다고 죽은 제 할머니에게 약속하긴 했지만, 건방지게 어딜!'

 호텔 여주인은 속으로 투덜거렸다.

 "다들 제 말에 귀기울여주세요."

샹탈이 말했다.

"우선 여기 계시는 우리 마을 손님을 제외하고는 여러분이 모두 알고 계시는 이야기를 하나 해드리고자 해요. 그러고 나서 손님을 제외하곤 아무도 모르는 이야기를 해드리겠어요. 힘든 일주일을 보낸 여러분이 마땅히 즐겨야 할 주말의 흥을 깬 잘못에 대해서는 제 이야기가 끝나고 나서 판단해주셨으면 해요."

'배짱 한번 좋군!'

신부는 생각했다.

'남보다 아는 것도 없으면서 왜 저런 짓을…… 불쌍한 고아에다 앞날이 캄캄한 아이이긴 하지만 계속 써달라고 호텔 여주인을 설득하긴 어렵겠군. 하지만 이해해줘야지 어떡하겠어. 우린 모두 고만고만한 죄들을 짓고 살지. 이삼 일 참회하고 나면 모든 게 용서되고. 게다가 저 아이가 하는 일을 대신 맡을 만한 사람이 마을에 없잖아. 저 일을 하려면 젊어야 하는데, 베스코스에는 젊은이들이 없으니.'

"베스코스에는 세 개의 거리, 십자가에 못 박힌 예수상이 있는 조그만 광장 하나, 폐가 몇 채, 그리고 성당과 그 옆에 딸린 묘지가 있어요."

샹탈이 이야기를 시작했다.

"잠깐."

이방인이 끼어들었다. 그는 주머니에서 작은 녹음기를 꺼내 녹음 버튼을 눌러 탁자 위에 올려놓으며 말했다.

"난 베스코스의 역사와 관련된 것이라면 뭐든 관심이 있소. 당신이 들려줄 이야기의 토씨 하나도 놓치고 싶지 않소. 녹음을 해도 방해가 되지 않길 바라오."

녹음을 하든 말든 샹탈에게는 아무런 상관이 없었다. 그녀에겐 더이상 머뭇거릴 시간이 없었다. 그녀는 몇 시간 전부터 두려움에 맞서 싸우고 있었다. 그리고 마침내 용기를 냈다. 이제 무엇도 그녀를 멈추게 하지 못할 터였다.

"베스코스에는 세 개의 거리, 십자가에 못 박힌 예수상이 있는 조그만 광장 하나, 폐가 몇 채와 잘 보존된 집 몇 채, 호텔 하나, 우체통 하나, 그리고 성당 하나와 그 옆에 딸린 묘지가 있죠."

자신감을 되찾은 그녀는 이번에는 좀더 충실하게 마을을 묘사했다.

"다들 알고 계시는 것처럼, 이곳은 성 사뱅에게 교화된 우리의 위대한 입법자 아합이 선의로 가득한 사람들만 사는 오늘날의 베스코스로 만들어놓기 전에는 극악무도한 강도들의 소굴이었죠.

제가 지금 여러분에게 상기시켜드리고자 하는 것은, 우리 손님은 전혀 모르고 계신 거예요. 아합이 자신의 계획을 성사시키기 위해 어떻게 했느냐 하는 것이죠. 그는 성실함과 나약함을 혼동하는 인간 본성을 알고 있었기 때문에 누구도 설득하려 들지 않았어요. 그랬다면 사람들이 그의 권력을 넘보았겠죠.

그는 이웃 마을의 목수들을 불러 오늘날 십자가가 세워져 있는 자리에 그가 세우려는 구조물의 청사진을 주었어요. 마을 주민들은 꼬박 열흘 동안 밤낮없이 톱질하고, 망치질하고, 구멍 뚫는 소리를 들었어요. 목수들이 목재들을 다듬고, 장부*와 장붓구멍**을 만드는 것을 보았죠. 열흘이 지나자, 완성된 모든 조각들을 끼워맞춘 거대한 조형물이 방수포에 덮인 채 광장 한가운데 세워졌어요. 아합은 그 조형물의 제막식에 베스코스 주민들을 모두 초대했죠.

아합은 아무 말도 하지 않고 엄숙한 몸짓으로 기념물의 방수포를 걷었어요. 그것은 금방이라도 사용할 수 있는 교수대였죠. 궂은 날씨에도 견딜 수 있도록 밀랍이 칠해져 있었어요. 아합은 주민들이 모두 모인 그 자리에서 농부들을 보호하고, 목축을 장려하며, 베스코스에 새 가게를 여는 사람들에게 혜택을 주겠다는 법령을 낭독했어요. 그러고는 앞으로 땀흘려 일하기 싫은 사람은

---

* 한쪽 끝을 다른 한쪽 구멍에 맞추기 위하여 얼마쯤 가늘게 만든 부분.
** 나무를 서로 연결시키기 위한 요철 부분.

마을을 떠나야 할 것이라고 덧붙였죠. 그는 자신이 방금 제막한 기념물에 대해서는 일언반구도 없이, 이런 선언을 하는 것만으로 만족했어요. 아합은 위협의 힘을 믿지 않는 사람이었으니까요.

제막식이 끝나자, 사람들은 광장에 남아 토론을 벌였어요. 아합이 성자(聖者)의 수작에 놀아나고 있다, 이제 예전처럼 용감하지 못하니 그를 죽여야 한다는 의견이 대부분이었죠. 그 이튿날부터 모의자들은 그를 제거하기 위해 계획을 세웠어요. 하지만 그들은 광장 한가운데 우뚝 서 있는 교수대를 쳐다보지 않을 수 없었죠. 그들은 생각했어요. 저게 왜 여기 서 있는 거지? 새로운 법령에 찬성하지 않는 자들을 처형하기 위해 세워놓은 것일까? 도대체 누가 아합 편이고, 누가 우리편이지? 우리 중에 스파이가 있는 것은 아닐까?

교수대는 사람들을 굽어보고 있었고, 사람들은 교수대를 바라보고 있었어요. 혈기가 넘치던 모의자들의 용기는 조금씩 두려움으로 변해갔죠. 다들 익히 알고 있었거든요. 일단 결정을 내리면 가차없이 실행에 옮기는 아합의 악명을 말이죠. 마을을 떠난 이들도 있었고, 갈 곳이 없는 이들은 광장에 세워진 그 죽음의 도구가 두려워 일단 아합이 추천한 새로운 일을 해보기로 마음먹었어요. 세월이 흘러감에 따라, 베스코스에 평화가 자리잡았어요. 마을은 국경지대의 상업 중심지로 변해, 최상품의 모직과 질 좋은

밀을 수출하기 시작했죠.

교수대는 십 년 동안 거기 그렇게 서 있었어요. 나무는 그 오랜 세월에도 잘 버텼지만 밧줄은 여러 차례 갈아줘야 했죠. 교수대를 쓸 일은 단 한 번도 없었어요. 아합은 그에 대해 언급조차 하지 않았지만, 교수대는 그 모습만으로도 무모함을 두려움으로, 자만을 자성으로, 객기 섞인 큰소리를 수긍의 수군거림으로 바꿔놓기에 충분했어요. 십 년이 지나 베스코스에 법이 완전히 자리잡은 사실을 확인한 아합은, 교수대를 부수고 그 나무로 십자가를 만들어 그 자리에 세우라는 명령을 내렸어요."

샹탈이 잠시 숨을 돌렸다. 손뼉을 쳐 침묵을 깬 것은 이방인이었다.

"아름다운 이야기요."

그가 말했다.

"아합은 인간 본성을 꿰뚫고 있었소. 인간이 사회가 요구하는 대로 행동하는 것은 법을 따르겠다는 의지 때문이 아니라 벌에 대한 두려움 때문이라는 본성 말이오. 우리는 각자 마음속에 그런 교수대를 하나씩 품고 있는 셈이지요."

"오늘 저는, 이방인이 제게 요구한 대로, 그 십자가를 뽑고 그 자리에 또다른 교수대를 세울 작정이에요."

샹탈이 말을 이었다.

"카를로스."

누군가가 말했다.

"그의 이름은 카를로스야. 이방인이라고 하지 말고 이름을 부르는 게 예의야."

"전 그의 이름을 몰라요. 호텔 숙박부에 그가 기재한 사항들은 모두 거짓이니까요. 그는 단 한 번도 신용카드로 계산한 적이 없어요. 우리는 그가 어디서 왔는지도, 어디로 갈지도 모르고 있죠. 공항으로 걸었다는 전화도 시늉에 불과한 것일지도 몰라요."

모두 이방인을 향해 고개를 돌렸지만, 그는 샹탈을 뚫어져라 바라보고만 있었다. 샹탈이 말을 이었다.

"그가 진실을 말했을 때는, 여러분은 그의 말을 믿지 않았어요. 그는 실제로 무기공장을 운영했고, 자상한 아버지에서 피도 눈물도 없는 중개인에 이르기까지 여러 역할을 하며 산전수전을 다 겪은 사람이죠. 이곳에 살고 계시는 여러분은 삶이 생각하는 것보다 훨씬 더 복잡하다는 것을 모르고 있어요."

'그래서 어쨌다는 건지 당장 본론이나 들어봤으면 좋겠군.'

호텔 여주인은 생각했다. 마치 그 말을 듣기라도 한 듯 샹탈이 말을 이었다.

"나흘 전, 그는 저에게 금괴 열 덩이를 보여주었어요. 앞으로 삼십 년 동안 베스코스의 모든 주민의 미래를 보장하고, 마을을 발전시킬 수 있는 중요한 공사들을 실행에 옮기고, 아이들이 다시 마을에 돌아와 뛰놀 놀이터를 만들 수 있는 재물이죠. 그는 그 금괴들을 숲속, 제가 알지 못하는 곳에 감추었어요."

모든 사람들의 시선이 또다시 이방인에게 쏠렸다. 이방인은 머리를 끄덕여 샹탈의 말이 모두 사실임을 확인해주었다. 그녀가 다시 말을 이었다.

"앞으로 사흘 안에 이 마을에서 누군가가 살해된다면, 그 금괴들은 베스코스 주민들의 소유가 될 거예요. 아무도 죽지 않는다면, 이방인은 그 재물을 가지고 다른 곳으로 떠날 거구요.

제가 할 얘기는 여기까지예요. 저는 광장에 교수대를 다시 세웠어요. 하지만 이번 교수대는 범죄를 막기 위한 게 아니죠. 마을 주민들이 무고한 사람의 목을 매달기를 기다리는 교수대예요. 그 무고한 사람의 희생은 베스코스의 번영을 보장해줄 거구요."

사람들의 시선에 이방인은 또다시 고개를 끄덕여 대답했다.

"젊은 아가씨가 이야기하는 법을 제법 아는군."

그가 녹음기를 끄고 주머니에 집어넣으며 말했다.

샹탈은 다시 자기 일을 하기 시작했다. 이제 하던 일을 마저 해야 했다. 바 안은 마치 시간이 멈춰버린 것 같았다. 입을 여는 사람이 아무도 없었다. 유리잔 부딪치는 소리, 개수대에 흐르는 물소리, 희미하게 들려오는 바람 소리 외에는 아무 소리도 들리지 않았다.

갑자기 읍장이 소리쳤다.

"경찰에 신고합시다!"

"훌륭한 생각이오!"

이방인이 말했다.

"내가 모든 것을 녹음해두었다는 것을 잊지 마시오. 난 젊은 아가씨가 이야기하는 법을 제법 아는군, 이라고 말했을 뿐이오."

"손님, 당장 방으로 올라가 짐을 싸서 이 마을을 떠나주세요."

호텔 여주인이 명령하듯 말했다.

"난 일주일치 숙박료를 이미 지불했소. 그러니 그 동안은 이곳에 머물 거요. 경찰을 불러봤자 소용없을 거요."

"당신이 살해될 수도 있다는 생각은 안 해봤소?"

"해봤죠. 하지만 내게 그런 것은 전혀 중요치 않아요. 만약 그렇게 된다면 당신들 모두가 범죄를 저지르는 셈이고, 약속된 보상에는 손도 대지 못 할 거요."

젊은 사람들부터 하나씩 자리를 떴다. 바에는 샹탈과 이방인만 남았다. 샹탈은 외투를 걸친 다음 가방을 들고 문을 향해 걸었다.

문턱을 넘기 직전, 그녀가 돌아서며 말했다.

"당신은 당신이 당한 고통을 다른 사람들을 통해 복수하려는 거예요. 당신의 마음은 이미 죽었고, 영혼은 암흑 속을 헤매고 있어요. 당신을 따라다니는 악마는 자신이 벌여놓은 판에 말려든 당신을 보며 미소짓고 있다구요."

"부탁한 대로 해줘서 고맙소. 그 흥미로운 교수대 이야기도."

"숲속에서 말했었죠, 몇 가지 질문에 대한 답을 얻고 싶다고요. 하지만 당신은 오로지 악한 자만 보상받을 수 있도록 치밀하게 계획을 세웠어요. 아무도 살해되지 않았을 때, 선이 받을 수 있는 것은 오로지 찬사뿐이에요. 찬사는 굶주린 사람들을 배부르게 해주지도, 쇠락해가는 마을에 활기를 불어넣어주지도 않아요. 당신은 질문에 대한 답을 찾고 싶은 게 아니라 당신이 믿고자 하는 사실, 모든 인간은 악하다는 사실을 확인하고 싶은 거예요."

샹탈은 이방인의 눈빛이 변하는 것을 알아차렸다.

"모든 인간이 악하다면, 당신에게 들이닥친 비극이 정당화될 테니까. 그렇게 되면 아내와 딸들을 잃은 사실을 받아들이기가 훨씬 쉽겠죠. 하지만 선한 인간들이 존재한다면, 당신이 아니라고 말할지라도, 당신 삶은 견딜 수 없는 것이 되어버리겠죠. 운명이 당신을 함정에 빠뜨렸고, 그것은 나름대로 선량하게 살아온 당신에겐 너무나 가혹했으니까요. 당신이 되찾으려는 것은 빛이 아니라 암흑 너머에는 아무것도 존재하지 않는다는 확신이에요."

"도대체 무슨 말을 하려는 거요?"

약간 떨리기는 하지만 여전히 절제된 목소리로 그가 말했다.

"좀더 공정한 내기를 하자는 거예요. 사흘 안에 아무도 살해되지 않는다면, 주민들의 결백함에 대한 보상으로 금괴 열 덩이를 마을에 내놓으세요."

이방인이 미소지었다.

"그리고 저에겐 이 치사한 노름판에 참여한 보상으로 약속한 금괴를 주세요."

"난 바보가 아니오. 내가 이 제안을 받아들인다면 당신은 당장 달려가 마을사람들에게 이 사실을 알리겠지."

"그럴 위험은 있죠. 하지만 전 그렇게 하지 않을 거예요. 돌아가신 할머니와 제 영원한 구원을 걸고 맹세해요."

"그걸로는 충분치 않소. 신이 당신의 맹세를 듣고 있는지, 영원한 구원이 존재하는지 아는 사람은 아무도 없으니까."

"내가 발설하지 않았다는 걸 당신은 알게 될 거예요. 저는 마을 한가운데에 새로운 교수대를 세운 사람이니까요. 제가 조금이라도 속임수를 쓴다면 금방 들통이 나고 말 거예요. 내일 날이 밝는 즉시 마을을 돌아다니며 방금 우리가 나눈 얘기를 전한다 하더라도 아무도 제 말을 믿지 않을 거예요. 그것은 마치 어떤 사람이 베스코스에 발을 들여놓으며 '보시오, 이방인의 제안을 실행하든 하지 않든 이 금은 당신들 것이오'라고 말하는 것이나 다름없을 테니까요. 베스코스의 주민들은 힘들게 일하고 푼돈이라도 땀흘려 버는 데 익숙해 있어요. 그들은 노다지가 하늘에서 거저 떨어진다는 사실을 결코 받아들이지 않을 거예요."

담배를 피워문 이방인은 술잔을 비우고 자리에서 일어섰다. 샹탈은 활짝 열린 입구에 서서 추위에 떨며 대답을 기다렸다.

"날 웃음거리로 만들 생각은 마시오. 난 당신들의 아합처럼 인간들과 대결하는 데 익숙한 사람이오."

그가 말했다.

"물론이죠. 그럼 찬성하신 걸로 알겠어요."

샹탈의 말에, 그는 말없이 고개를 끄덕이기만 했다.

"한마디 덧붙이고 싶군요. 당신은 아직도 인간이 선할 수도 있다고 믿고 있어요. 그렇지 않다면, 확신을 갖기 위해 이런 어리석은 도발을 할 필요가 없겠죠."

말을 마친 샹탈은 문을 닫고 텅 빈 거리로 나섰다. 갑자기 울음이 터져나왔다. 결국 그녀는 내기에 끌려들어가고 만 것이다. 그녀는 세상에 악이 만연했음에도 불구하고 인간이 선하다는 쪽에 걸었다. 그녀는 이방인과 방금 나눈 대화를 어느 누구에게도 말하지 않을 터였다. 그녀 역시 결과를 알고 싶으니까.

그녀는 본능적으로 알 수 있었다. 베스코스의 모든 눈들이, 어둠에 잠겨 있는 집들의 커튼 뒤에서 그녀를 좇고 있다는 것을. 하지만 그런 것은 조금도 중요하지 않았다. 그들이 그녀의 뺨을 타고 흐르는 눈물을 보기에는 날이 너무 어두웠으니까.

9

 사내는 차가운 밤공기가 악마의 입을 잠시라도 다물게 하도록 창문을 활짝 열어젖혔다.
 하지만 그 무엇도 젊은 아가씨가 아까 한 말에 흥분할 대로 흥분한 악마를 진정시킬 수는 없었다. 악마의 기운이 약해지는 것을 느낀 건 몇 년 만에 처음 있는 일이었다. 그는 악마가 잠시 멀어졌다가도 이내 더 강하지도 약하지도 않은 평상시의 느낌으로 되돌아오는 것을 여러 차례에 걸쳐 감지했었다. 악마는 그의 우뇌(右腦), 논리와 추론을 관장하는 곳에 자리잡고 있었다. 하지만 악마가 구체적인 모습을 띠고 나타난 적은 한 번도 없었다. 그는 악마의 모습을 머릿속으로 상상해볼 수밖에 없었다. 꼬리와 턱수염, 뿔이 달린 전통적인 악마의 형상에서부터 머리카락을 뽀글뽀

글하게 파마한 금발 소녀에 이르기까지, 가능한 모든 형상을 악마에게 부여해보려 애썼다. 결국 그가 선택한 악마의 형상은 검은 바지와 푸른 셔츠를 입고, 검은 머릿결에 잘 어울리는 녹색 베레모를 쓴 스무 살 남짓한 처녀의 이미지였다.

그가 처음으로 악마의 목소리를 들은 것은, 사업을 그만두고 모든 것을 잊기 위해 한 섬을 찾았을 때였다. 그는 해변가에 앉아 뼈아픈 고통을 되새기고 있었다. 그의 생애에서 가장 아름다운 황혼을 바라보며, 언젠가는 고통이 사라지리라고 스스로를 필사적으로 설득하고 있었다. 하지만 그 어느 때보다 무거운 절망이 그를 휩쓸어 그의 영혼 가장 깊숙한 곳까지 끌고 내려갔다. 아! 아내와 딸들과 함께 이 아름다운 광경을 볼 수 있다면! 우물 밑바닥 그 깊은 곳에서 다시는 올라가지 못하리라고 확신한 그는 뜨거운 눈물을 쏟았다.

바로 그 순간, 상냥하고 다정한 목소리가 들려왔다. 고통을 겪는 것은 그만이 아니라고, 그에게 일어난 모든 것에는 의미가 있다고, 그리고 그 의미는 다름아니라 각자의 운명이 이미 정해져 있다는 걸 보여주는 것이라고, 비극은 늘 일어나고 있으며, 무슨 일을 하더라도 우리는 우리를 기다리고 있는 악에서 벗어날 수 없다고.

'선은 존재하지 않아요. 미덕이란 것은 공포가 가진 여러 얼굴들 중 하나에 불과해요. 그것을 이해하는 순간, 인간은 이 세상이 신의 농담에 불과하다는 것을 깨닫게 되죠.'

지상에 일어나는 일을 알 수 있는 이는 자기밖에 없다고 장담한 그 목소리는, 곧 해변에 있는 사람들의 실상을 보여주기 시작했다. 아이들과 함께 텐트를 걷고 있는 저 자상한 가장, 그는 여비서와 자고 싶은 마음이 굴뚝같지만 아내가 두려워 엄두도 못 내고 있었다. 자기도 일을 해서 경제적으로 독립하고 싶은 마음이 간절한 저 부인, 그녀는 폭군 같은 남편이 어떻게 나올지 몰라 전전긍긍하고 있었다. 벌받는 게 무섭지 않다면 저 아이들도 저렇게 말 잘 듣는 아이로 자랄 수 있었을까? 파라솔 아래 홀로 앉아 책을 읽고 있는 젊은 여자는 매사에 초연한 척하지만 내심 처녀로 늙어버릴지도 모른다는 두려움에 사로잡혀 있었다. 부모의 기대에 부응하기 위해 억지로 강도 높은 훈련에 참여하고 있는 청년도 겁에 질려 있기는 마찬가지였다. 돈 많은 손님들에게 열대지방의 칵테일을 서빙하는 종업원은 해고당할지도 모른다는 두려움에 사로잡혀 있으면서도 억지 미소를 띠고 있었고, 무용수가 되겠다는 꿈을 접고 법대에 다니고 있는 처녀는 이웃들의 구설수에 오를까봐 두려워하고 있었다. 술 담배를 끊은 이후로 몸 상태가 한결 좋아졌다고 자랑스레 늘어놓는 노인은 시시각각 목을 죄어오는 죽음의 공포에 사로잡혀 있었고, 파도 속을 껑충껑충 뛰어다니고 있는 부부는 노쇠와 소외에 대한 두려움을 웃음으로 감추고 있었다. 자신의 보트를 타고 해변을 따라 오르내리며 미소를 띤 채 손을 흔들고 있는 구릿빛 피부의 사내는 증권시세가 폭락하면 쪽박을 차게 된다는 두려움에 사로잡혀 있었고, 사무실에 앉아 손님들이 모두 행복을 만끽했으면 좋겠다는 표정으로 이 낙원의 풍경을 바라보고 있는 호텔 주인 역시 세무직원들이 들이닥쳐 회계장부의 부정을 들춰내지는 않을까 두려워하고 있었다.

숨이 턱턱 막힐 정도로 무더웠던 그날 해질 무렵, 그 멋진 해변에 있는 사람들은 모두 두려움에 사로잡혀 있었다. 홀로 남게 되지 않을까 하는 두려움, 상상을 악마로 가득 채워버리는 어둠에 대한 두려움, 예의에 어긋나는 일을 저지르지 않을까 하는 두려움, 신의 심판에 대한 두려움, 타인의 비난에 대한 두려움, 아주 작은 잘못도 용서하지 않는 법률에 대한 두려움, 위험과 패배에 대한 두려움, 시기의 대상이 되지 않을까 하는 두려움, 사랑을 잃지 않을까 하는 두려움, 봉급인상을 요구한 뒤의 두려움, 초대를 받고 느끼는 두려움, 미지의 세계에 대한 두려움, 외국어를 틀리게 말하지 않을까 하는 두려움, 남들에게 좋은 인상을 심어주지 못하면 어쩌나 하는 두려움, 노쇠에 대한 두려움, 죽음에 대한 두려움, 결점이 남의 눈에 드러나면 어쩌나 하는 두려움, 장점이 드러나지 않으면 어쩌나 하는 두려움, 결점도 장점도 드러나지 않으면 어쩌나 하는 두려움.

두려움, 두려움, 두려움. 삶은 두려움의 연속, 교수대로 올라가는 계단이었다.

'이제 당신 마음이 좀 놓였길 바래요.'

악마가 그에게 속삭였다.

'다들 공포에 사로잡혀 있어요. 당신만 그런 게 아니에요. 차이가 있다면, 당신은 이미 가장 힘든 고비를 넘겼다는 것이죠. 당신이 가장 두려워하던 일이 현실이 되었으니까요. 당신은 이제 잃을 게 아무것도 없어요. 하지만 이 해변에 있는 사람들은 모두 두려움에 떨며 살아가고 있죠. 어떤 이들은 나름대로 그것을 의식하고 있고, 또 어떤 이들은 그것을 애써 무시하려 하지만, 어디에나 존재하는 그 두려움이 결국 그들을 삼켜버리고 말리라는 것을 다들 알고 있죠.'

믿기 어렵겠지만, 이 악마의 속삭임은 마치 타인의 고통이 그의 아픔을 진정시켜주기라도 하는 듯 그에게 묘한 위안을 가져다 주었다. 그때부터 악마는 그의 곁을 거의 떠나지 않았다. 그는 악마와 함께 생활했다. 자신의 영혼이 악마의 손아귀에 들어갔다는 걸 알았지만, 그는 기쁘지도 슬프지도 않았다.

악마와 대화하면서, 그는 악의 기원에 대해 더 많은 것을 알려고 노력했다. 하지만 악마는 어떤 질문에도 속 시원히 대답해주지 않았다.

'내가 왜 존재하는지 알아내려고 아무리 애써도 소용없어요. 굳이 답변을 원한다면, 신이 심심풀이로 우주를 창조한 자신을 벌하기 위해 찾아낸 방법이 바로 나라고 해두죠.'

악마가 자신에 대해 거의 말하지 않았기 때문에 사내는 지옥과 관련된 모든 자료들을 뒤지기 시작했다. 그는 대부분의 종교에서 영혼은 영원히 멸하지 않는다는 것, 그리고 사회에 범죄를 저지른 자의 영혼이 사후에 가는 형벌의 장소가 있다는 것을 발견했다. 어떤 신앙에 따르면, 일단 육신을 벗어난 영혼은 강을 건너게 되고, 이어 개가 지키고 있는 문 앞에 도달하게 되어 있었다. 그리고 그 문은 일단 들어서고 나면 영원히 닫혀버렸다. 시체들을 땅에 매장하는 것이 관례이다 보니, 그 형벌의 장소는 영원한 불이 타고 있는 지하의 어두운 곳으로 묘사되어 있었다. 화산들이 그 증거가 되어주었다. 이처럼 인간의 상상력은 죄인들을 태워 벌을 주는 화염을 발명해낸 것이다.

사내는 형벌에 대한 가장 흥미로운 묘사를 아랍어로 쓰인 책에서 찾아냈다. 그 책에 따르면, 육체를 벗어난 영혼은 점차 좁아지다가 마침내는 면도날처럼 가늘어지는 다리 위를 지나가야 한다. 다리 오른쪽에는 천국이, 왼쪽에는 암흑의 지하로 떨어지는 둥근

구멍들이 입을 벌리고 있다. 죽은 자의 영혼은 다리(다리가 어디를 향해 나 있는지는 책에 나와 있지 않았다)에 발을 올려놓기 전에 오른손에는 이승에서 쌓은 공덕을, 왼손에는 이승에서 저지른 죄악을 들어야 한다. 공덕이 무거우면 천국으로, 죄가 무거우면 지옥으로 떨어진다.

기독교에서는 그곳을 신음 소리와 이빨 가는 소리가 울려 퍼지는 곳이라고 말하고 있다. 유태교에서는 일정한 수의 영혼밖에 받아들일 수 없는, 완전히 채워지는 날엔 세상이 끝나는 지하동굴이라고 말하고 있다. 이슬람교에서는 신이 반대하지 않는 한 우리 모두 불에 탈 것이라고 한다. 힌두교에서 지옥은 고통이 영원히 이어지는 장소다. 힌두교도는 죽은 후 일정한 시간이 지나면 지은 죄를 씻기 위해 그 죄를 저지른 바로 그곳, 이 세상에 다시 태어난다고 믿는다. 하지만 그 전에 그들이 지하세계라고 부르는 스물한 군데의 속죄 장소로 간다고 말한다.

불교에서는 죄지은 영혼이 받을 수 있는 형벌들을 여러 종류로 구별했다. 여덟 개의 불지옥과 여덟 개의 얼음지옥이 있고, 뜨겁지도 차갑지도 않지만 채워지지 않는 허기와 갈증에 영원히 시달려야 하는 곳도 있다.

중국인들이 상상해낸 놀라우리만큼 다양한 지옥도에 견줄 수 있는 것은 없다. 지옥을 지하에 설정한 다른 종교들과는 달리, 중국인들은 죄지은 자의 영혼이 메루 산으로 간다고 믿는다. 그 산은 성황산에 둘러싸여 있다. 그 두 산 사이에 여덟 개의 대(大)지옥들이 겹쳐져 있고, 그 대지옥들은 각각 열여섯 개의 소(小)지옥을 관장하는데, 또 그 소지옥들 각각은 천만 개의 하위 지옥들을 관장한다. 중국인들은 악마란 이미 죄값을 치른 영혼이라고 말한다. 그들은 악마가 왜 생겨났는지에 대해 설득력 있는 설명을 내놓은 유일한 사람들이다. 악마가 악한 이유는 그의 살 속에 박혀 그를 고통스럽게 하는 악을 영원한 복수의 순환법칙에 따라 다른 사람에게도 감염시키려 하기 때문이라는 것이다.

"아마 내가 그럴 거야."

미스 프랭의 말을 떠올리며 이방인은 중얼거렸다. 악마 역시 그녀의 말을 들었고, 어렵게 획득한 영토를 조금 잃었다고 느끼고 있었다. 영토를 되찾을 수 있는 유일한 방법은 이방인의 머릿속에서 피어오르는 의심을 말끔히 씻어버리는 것이었다.

'물론 의심이 들기도 하겠지요.'

악마가 말했다.

'하지만 두려움은 여전히 계속되고 있어요. 교수대 애긴 참 좋았어요. 의미심장한 이야기였죠. 인간은 두려움에 정신을 잃고 선을 베풀기도 하지만 그들의 본질은 사악해요. 모두 나의 후예

들이죠.'

 이방인은 추위에 몸이 덜덜 떨려왔다. 하지만 조금 더 창문을 열어두기로 했다.

 "신이여, 난 그런 벌을 받을 만한 죄를 짓지 않았습니다. 그런 나를 당신이 쳤으니, 내게도 다른 사람들에게 당신처럼 행동할 권리가 있어요. 그게 공정하지 않습니까?"

 악마는 전율했다. 하지만 입을 다물고 있었다. 악마 자신이 겁에 질려 있다는 것을 드러낼 수는 없는 노릇이었다. 사내는 신을 모독하고 자신의 행위를 정당화하고 있었다. 그가 하늘에 대고 말을 한 것은 2년 만에 처음 있는 일이었다.

 좋지 않은 징조였다.

10

'이건 좋은 징조야.'

빵차의 경적 소리에 잠에서 깨어난 샹탈은 생각했다. 그것은 베스코스의 생활이 나날의 양식과 함께 변함없이 계속된다는 징조였다. 이제 사람들은 빵을 사러 나올 것이고, 주말 내내 그 정신 나간 제안에 대해 이러쿵저러쿵 입방아를 찧고는, 월요일에는 마을을 떠나는 이방인을 조금은 아쉬운 눈길로 지켜볼 것이다. 그러면 바로 그날 저녁, 그녀는 그들이 싸움에서 이겼고 이제 부자가 되었다고 알리면서 자신이 이방인과 했던 내기에 대해 털어놓을 것이다.

그녀는 결코 성 사뱅과 같은 성인이 되지는 못할 것이다. 하지만 미래의 모든 세대들은 그녀를 악의 두번째 방문에서 마을을 구한 여자로 기억하게 될 것이다. 누가 알겠는가? 그들이 그녀에 대한 전설을 만들어낼지. 미래의 마을 주민들은 그녀를 아주 아름다운 여인으로, 수행해야 할 임무가 있었기에 젊은 나이에도 베스코스를 떠나지 않았던 유일한 여자로 묘사할 것이다. 신앙심 깊은 부인네들은 그녀를 떠올리며 초에 불을 붙일 것이고, 젊은 청년들은 만나볼 기회가 없었던 처녀 영웅을 그리며 한숨지을 것이다.

그녀는 자기 자신이 너무나 대견했다. 하지만 그녀는 입을 다물어야 한다는 것을, 자기 몫의 금괴에 대해서는 절대 발설해선 안 된다는 것을 떠올렸다. 그러지 않으면 사람들이 성녀(聖女)로 기억되고 싶다면 그 금괴도 나누어 가져야 한다고 설득하려 들 것이 틀림없었다.

그녀는 이방인이 자신의 영혼을 구할 수 있도록 나름대로 돕고 있었다. 그녀가 훗날 자신이 한 일을 설명해야 할 때가 되면, 하느님도 그 사실을 참작하실 터였다. 하지만 그 사내의 운명은 그녀에겐 조금도 중요하지 않았다. 당장 그녀가 해야 할 일은 단 한 가지, 그녀를 숨막히게 하는 그 비밀을 행여 입 밖에 내는 일이 없도록 이틀이라는 시간이 가능한 한 빨리 지나가기를 바라는 것뿐이었다.

베스코스의 주민들은 인근 마을의 주민들보다 더 낫지도 못하지도 않았다. 하지만 돈을 위해 범죄를 저지를 수 있는 위인들이 못 된다는 것은 분명했다. 그랬다, 그녀는 그렇게 확신했다. 그 이야기가 모두에게 알려진 이상, 어느 누구도 독단적으로 행동하지는 않을 것이다. 보상금은 어차피 똑같이 분배될 텐데 다른 사람들의 몫을 챙겨주기 위해 혼자서 위험을 무릅쓰고 나설 사람은 그녀가 알기로는 아무도 없었다. 또 혹시, 그녀로선 상상도 할 수 없는 일을 그들이 실행하기로 마음먹는다면, 희생자로 선택된 사람을 제외한 모든 마을 주민이 공모에 가담해야 하는데, 반대하는 사람이 있는데도 계획을 강행한다면 베스코스의 모든 주민이 고발당해 체포될 위험이 있었다. 부자로 감옥에 가느니 가난해도 자유롭게 사는 편이 낫지 않은가. 아무도 반대하지 않는다면 그녀라도 나설 것이다.

샹탈은 계단을 내려오면서, 베스코스같이 작은 마을의 읍장을 뽑는 데도 편가르고 싸우느라 늘 시끌벅적했다는 사실을 떠올렸다. 아이들 놀이터를 지으려고 했을 때도 그랬다. 아이들도 없는데 놀이터가 무슨 소용이냐는 사람, 놀이터를 지어놓으면 바캉스를 즐기러 내려온 사람들이 그걸 보고 다음부터는 아이들을 데려올 거라고 큰소리치는 사람들로 말들이 하도 많아 공사를 시작도 못 했다. 베스코스 주민들은 그랬다. 빵의 질, 사냥 규정, 저주받은 늑대의 존재 여부, 베르타의 이상한 행동 등 모든 사안에 대해 언쟁을 벌였다. 그리고 아직은 아무도 그녀 앞에서 그런 말을 한 사람은 없었지만, 어쩌면 호텔 투숙객들과 미스 프랭의 은밀한 만남에 대해서도 그랬을지도 모른다.

샹탈은 생전 처음으로 마을 역사에 중요한 역할을 하는 사람의 표정을 지으며 빵차를 향해 걸어갔다. 여태까지 그녀는 앞날이 캄캄한 고아, 시집도 못 간 노처녀, 호텔 바의 불쌍한 여종업원, 친한 친구 하나 없는 불행한 아가씨에 불과했다. 하지만 이제 곧 그들은 알게 될 것이다. 자신들이 얼마나 큰 실수를 했는지. 이제 이틀만 지나면, 그들은 그녀의 발에 입맞추고, 그녀가 가져다준 부(富)에 감사하고, 어쩌면 다음 선거 때 읍장 자리를 맡아달라고 부탁할지도 모를 일이다. 베스코스에 좀더 머물면서 갓 얻은 이 영광을 누리지 못할 이유가 무엇이겠는가.

빵차 부근에는 한 무리의 사람들이 말없이 모여 있었다. 모두들 샹탈을 돌아보았지만 그녀에게 말을 거는 사람은 아무도 없었다.

"오늘 아침은 좀 이상하군요. 무슨 일이 있나요? 누가 죽기라도 했어요?"

빵장수가 물었다.

"아뇨. 아픈 사람이 있어서 다들 걱정하고 있는 겁니다."

대장장이가 대답했다. 대장장이를 이렇게 이른 시각에 보는 건 처음이었다.

샹탈은 무슨 일이 일어나고 있는지 이해할 수 없었다.

"빨리 빵들 사세요! 이 친군 바쁜 사람이니까."

누군가가 외쳤다. 샹탈은 기계적으로 동전을 내밀고 빵 하나를 집어들었다. 그녀에게 잔돈을 내준 빵장수는 무슨 일이 있는지 알기를 포기한 듯 어깨를 으쓱하고는 차를 몰고 자리를 떴다.

"이번엔 내가 궁금하네. 도대체 마을에 무슨 일이 있는 건가요?"

샹탈은 두려움이 앞서서 예의에 어긋날 정도로 목소리를 높여 말하고 말았다.

"당신이 더 잘 알 거 아냐. 당신은 큰돈을 미끼로 우리가 범죄를 저지르길 바라고 있어."

대장장이가 말했다.

"그렇지 않아요! 전 그 남자가 요구한 대로 했을 뿐이에요! 모두들 미쳤어요?"

"미친 건 당신이야. 당신은 그 미치광이의 심부름꾼 노릇을 하지 말았어야 했어! 도대체 원하는 게 뭐야? 당신, 이번 일로 뭔가 얻는 게 있는 거지? 이 마을을 지옥으로 바꿔놓으려는 거야? 명예심과 체면 따윈 다 잊은 거야?"

샹탈은 온몸을 떨었다.

"그래요, 당신들은 모두 미쳤어요. 당신들 중 하나라도 그 따위 제안을 심각하게 받아들이는 사람이 있다는 말인가요?"

"그냥 놔둬요."

호텔 여주인이 말했다.

"다들 아침이나 먹으러 갑시다."

사람들은 하나둘씩 집으로 돌아갔다. 샹탈은 한 발짝도 내딛지 못하고 빵을 움켜쥔 채 부들부들 떨고 있었다. 끼리끼리 수군대며 시간을 보내는 이 사람들이 의견의 일치를 본 건 이번이 처음이었다. 그들이 범죄를 사주한 죄인으로 지목한 건 바로 그녀였다. 이방인도 아니고, 그가 한 제안도 아니고, 바로 그녀, 샹탈 프랭이었다.

'모두들 정신이 나간 걸까?'

그녀는 빵을 문 앞에 놓아두고 산으로 발걸음을 옮겼다. 배가 고프지도, 목이 마르지도 않았다. 아무런 욕망도 느끼지 못했다. 그녀는 아주 중요한 뭔가를, 그녀를 두려움에 소스라치게 하고, 절대적인 공포에 떨게 만드는 뭔가를 깨달았다.

이번 일에 대해 빵장수에게 입을 연 사람은 아무도 없었다.

전날 밤 바에서 무슨 일이 있었는지 모두 알고 있었다. 평소 같았으면 전날 밤의 사건에 대해 분개하거나 조롱하는 투로라도 뭔가 얘기가 오갔을 것이다. 하지만 빵과 함께 이런저런 소문들을 이 마을 저 마을로 배달하는 빵장수는 베스코스에서 일어나고 있는 일에 대해 전혀 알지 못한 채 마을을 떠났다. 물론 주민들은 샹탈의 이야기를 들은 후 그날 아침 처음으로 다시 만난 것이다. 전날 사건에 대해 이야기를 주고받을 시간이 없었다.

그렇다면 그들은 무의식적으로 서로 일종의 암묵적 계약을 맺은 셈이었다. 아니면 그들 각자가 내심 생각할 수 없는 것을 생각하고, 상상할 수 없는 것을 상상하고 있다는 뜻일 수도 있었다.

베르타가 샹탈을 불렀다. 베르타는 벌써 문 앞에 서서 마을을 살피고 있었다. 하지만 그것은 부질없는 일이었다. 상상할 수조차 없는 위험이 이미 마을에 닥쳐버렸으니까.

"한가로이 잡담이나 나눌 기분이 아니에요."

샹탈이 말했다.

"오늘 아침, 전 생각할 수도, 반응할 수도, 뭔가를 말할 수도 없는걸요."

"그럼 내 얘길 듣기만 하렴. 여기 와 앉아."

베르타는 샹탈이 아침에 일어나 만난 사람들 중 친절하게 대해준 유일한 사람이었다. 샹탈은 그녀의 품에 뛰어들었다. 그들은 잠시 서로 껴안고 있었다. 베르타가 조용히 입을 열었다.

"숲으로 가서 정신을 좀 가다듬어. 이번 일이 너와 상관이 없다는 걸 너는 알고 있잖니. 그들도 모두 알고 있지. 하지만 그들에겐 죄인이 필요한 거야."

"죄인은 바로 이방인이잖아요!"

"너와 나는 그걸 알고 있지만, 다른 사람들은 모르고 있어. 그들은 모두 배신당했다고 믿고 싶어하지. 네가 이 얘길 좀더 일찍 했어야 했다고, 또 네가 자기들을 신뢰하지 않았다고 말이야."

"배신을 당해요?"

"그래."

"왜 그렇게 생각하는 거죠?"

"잘 생각해보렴."

샹탈은 곰곰이 생각해보았다.

"그러니까, 그들에게 죄인이, 희생양이 필요하기 때문인가요?"

"이 이야기가 어떻게 끝날지는 나도 모르겠구나. 베스코스 주민들은 네가 말한 것처럼 좀 비겁하긴 하지만, 그래도 하나같이 선량한 사람들이지. 하지만 당분간은 이곳에서 멀리 떠나 있는 것이 네게 이로울 것 같다."

베르타가 말했다.

"베르타 할머니, 농담하시는 거죠? 이방인의 제안을 심각하게 받아들이는 사람은 아무도 없을 거예요. 아무도요. 그리고 무엇보다 제겐 돈도, 갈 곳도 없어요."

그건 사실이 아니었다. 금괴 한 덩이가 그녀를 기다리고 있었다. 그녀는 그걸 가지고 세상 어디든 갈 수 있었다. 하지만 무슨 일이 있어도 그 생각만은 하고 싶지 않았다.

그 순간, 마치 운명의 장난처럼 이방인이 그녀 앞을 지나갔다. 그는 그들에게 고개 숙여 인사를 하고는 아침마다 늘 그랬던 것처럼 산을 향해 걸어갔다. 베르타는 눈으로 그를 좇았다. 그 사이 샹탈은 그가 자신들을 향해 인사하는 것을 본 사람이 없는지 주위를 두리번거렸다. 누군가 본 사람이 있다면, 그걸 핑계 삼아 그녀를 그의 공범으로 몰까봐, 그들이 정해진 신호를 주고받았다고 주장할까봐 두려웠던 것이다.

"저 사람 얼굴엔 근심이 가득하구나. 정말 이상한 일이야."

베르타가 말했다.

"농담 삼아 한 말이 현실이 되고 말았다는 걸 이제야 깨달은 모양이죠."

"아니야, 뭔가가 있어. 그 이상의 뭔가가. 그게 뭔지는 잘 모르겠지만, 마치…… 아냐, 모르겠어."

'남편은 알고 있을 거야.'

왼쪽에서 누군가의 존재감을 느낀 베르타는 생각했다. 하지만 지금은 그와 대화를 나눌 때가 아니었다.

"아합이 생각나는구나. 그가 했던 이야기가."

베르타가 말했다.

"아합 얘긴 이제 듣고 싶지 않아요. 지긋지긋하다고요! 전 단지 세상이 예전으로 되돌아갔으면 좋겠어요. 베스코스가 한 인간의 광기 때문에 파괴되지 않았으면 좋겠어요! 이 마을이 가지고 있는 모든 결점들도요."

"누가 들으면 네가 이 마을을 무척이나 사랑하는 줄 알겠구나."

샹탈은 온몸을 부들부들 떨었다. 베르타는 마치 샹탈이 자기가 한 번도 가져보지 못한 딸이라도 되는 양 그녀의 머리를 자신의 어깨 위에 올려놓으며 토닥거려주었다.

"잘 들어보렴. 이건 예전에는 부모들이 자식들에게 대대로 전해주었지만 지금은 완전히 잊혀져버린 천국과 지옥에 대한 이야기야. 한 사내가 말과 개를 한 마리씩 길동무 삼아 데리고 길을 가고 있었단다. 도중에 느닷없이 폭풍우를 만난 그는 말과 개를 데리고 큰 나무 아래로 피신했지. 그 순간 번개가 그 나무에 떨어지는 바람에 몽땅 타죽고 말았어. 그런데 워낙 순식간에 일어난 일이라 사내는 자신이 죽었다는 사실조차 깨닫지 못했지. 그래서 그는 두 길동무를 데리고 다시 길을 떠났어. 죽은 사람들이 자신이 죽었다는 사실을 깨닫는 데는 시간이 좀 걸리기도 하거든……"

그때 베르타는 빨리 샹탈을 보내라고 곁에서 자꾸 채근해대는 남편의 존재를 느꼈다. 그녀에게 중요한 뭔가를 알려주기 위해서인 듯했다. 하지만 베르타는 남편에게 그가 죽었다는 사실, 그리고 자신이 하고 있는 얘기를 자꾸 중단시키면 안 된다는 것을 설명해주어야 할 때가 되었는지도 모른다고 생각했다. 베르타는 말을 이었다.

"그 사내와 말과 개는 뙤약볕 아래서 어떤 산허리를 힘겹게 걸어올라가고 있었어. 그들은 땀에 흠뻑 젖고 목이 말라 죽을 지경이었지. 한 길모퉁이를 돌자, 그들 눈앞에 멋진 대리석 문이 나타났어. 그 문 안에는 광장이 보였는데, 바닥이 금으로 포장되어 있고 한가운데에는 맑은 물이 솟아나고 있었지. 남자는 문을 지키고 있는 경비병에게 다가가 인사했어.

'안녕하세요.'

'안녕하세요.'

경비병도 인사했지.

'이 멋진 곳은 도대체 어디죠?'

'여기는 천국입니다.'

'천국에 오다니, 이런 행운이! 우린 목이 말라 죽을 지경입니다.'

'선생님, 물은 들어오셔서 마음껏 드십시오.'

경비병이 샘을 가리키며 말했지.

'제 말과 개도 목말라하고 있습니다.'

'죄송하지만, 짐승들이 들어오는 것은 금지되어 있는데요.'

사내는 무척 목이 말랐지만 혼자만 물을 마실 수는 없었어. 그는 실망감을 감추고 경비병에게 인사하고는 길동무들을 이끌고 다시 길을 떠났지. 있는 힘을 다해 산비탈을 한참 걸어올라간 후에야, 그는 양쪽에 나무들이 줄지어 서 있는 흙길을 향해 난 작은 쪽문에 도착했단다. 그 늘어선 나무들 가운데 한 나무 그늘에 어떤 사내가 모자로 얼굴을 덮은 채 누워 있었다는구나.

'안녕하세요.'

여행객이 말했어.

사내는 졸고 있었던 터라 그냥 고개만 끄덕여 대답했지.

'저희 일행은 목이 말라 죽을 지경입니다.'

'저기 바위들 보이죠? 저 바위들 틈에 샘이 있으니 가서 마음껏 마셔요.'

말과 개를 데리고 가서 실컷 갈증을 푼 그는 서둘러 사내에게 고맙다는 인사를 했어.

'원하시면 언제든지 다시 오세요.'

사내가 말했지.

'그런데 이곳은 도대체 어디죠?'

'천국이오.'

'천국이요? 저 아래에 있는 대리석 문에 서 있던 경비병 말로는 그곳이 천국이라고 하던데요?!'

'아뇨, 저 아래는 천국이 아니라 지옥입니다.'

'이해할 수가 없군요. 감히 천국의 이름을 도용하다니! 그럼 혼령들에게 혼란이 생겨 당신에게도 누가 될 텐데요?'

'천만에요. 사실대로 말하자면 저희에게 큰 도움이 되고 있죠. 가장 좋은 친구들을 버리는 몹쓸 사람들은 모두 그곳에 남게 되니까요……'"

베르타는 샹탈의 머리를 쓰다듬었다. 그녀는 샹탈의 머릿속에서 선과 악이 끊임없는 전투를 벌이고 있는 것을 느꼈다.

"숲으로 가거라. 가서 자연에게 청해보렴. 네가 가야 할 도시를 알려달라고 말야. 내 예감으로는 네가 산들에 둘러싸인 우리의 작은 낙원을 떠날 준비가 된 것 같으니까 말이다."

"잘못 생각하신 거예요, 베르타 할머니. 할머니는 저와는 다른 세대예요. 예전에 베스코스에 득실거렸던 범죄자들의 피는 저보다는 할머니의 핏줄 속에 더 진하게 남아 있어요. 이곳 사람들은 긍지를 가지고 살고 있어요. 그들에게 그것이 없다면 서로를 불신하겠죠. 서로 두려워하게 될 거라구요."

"그래. 내가 잘못 생각했구나. 어쨌거나 내 말대로 하렴. 자연에 귀를 기울여봐."

샹탈이 떠나자, 베르타는 남편의 유령을 돌아보며 제발 가만히 좀 있어달라고 부탁했다. 그녀는 자신이 무엇을 하고 있는지 알고 있었다. 나이를 먹으면서 경험도 쌓였다. 젊은 사람에게 유익한 충고를 해주려고 애쓰는 그녀를 방해해서는 안 되었다. 그녀는 자기 자신을 돌보는 법을 배웠고, 이제는 마을을 살피고 있었다.

남편은 그녀에게 말했다. 신중해야 한다고, 이 이야기가 어떻게 돌아갈지 아무도 모르니 샹탈에게 섣불리 충고하지 말라고.

죽은 사람들은 뭐든지 다 알고 있다고 믿었던 베르타는 그 지적을 이상하게 생각했다. 마을에 큰 재앙이 닥칠지도 모른다고 알려준 것은 바로 그가 아니었던가?

'이젠 늘 같은 순가락으로만 수프를 먹던 괴벽 말고 다른 괴벽들까지 생겨 더욱 늙은 티를 내는 게 분명해.'

베르타는 생각했다.

남편은 늙은 것은 바로 그녀라고, 죽은 사람들은 더이상 늙지 않는다는 사실을 잊었냐고 쏘아붙였다. 죽은 사람들은 산 사람들이 알지 못하는 어떤 것들을 알아서 때로 유익한 충고를 해줄 수 있지만, 상급 천사들의 거처에 들어가기 위해서는 어느 정도의 시간이 필요하다고, 자신은 죽은 지 15년도 채 안 되었기 때문에 아직 배워야 할 것이 많다고 했다.

베르타는 상급 천사들의 거처는 아름답고 편안한 곳이냐고 물었다. 남편은 그곳에 가보니 아주 편안하더라고, 하지만 그런 하찮은 질문을 하느니 베스코스의 안녕을 위해 힘을 쏟는 게 더 나을 거라고 대답했다. 사실 그로서는 베스코스를 구하는 것이 특별히 중요한 일은 아니었다. 그는 이미 죽은 사람이었고, 어느 누구와도 환생의 문제에 대해 진지하게 얘길 나눠본 적이 없었다. 단지 환생이 가능하다는 말만 들었을 뿐이었다. 만약 환생할 수 있다면, 그는 완전히 낯선 장소에서 태어나길 바랐다. 그의 간절한 소망은 다만 아내가 여생을 마음 편히 안락하게 보내는 것이었다.

'그럼 이번 일에 대해 이러쿵저러쿵 간섭을 하지 말든지.'

베르타는 생각했다. 남편은 베르타의 생각을 받아들이지 않았다. 그는 어떤 희생을 치르더라도 그녀가 뭔가 하길 원했다. 작은 벽촌이라 할지라도 만약 이곳에서 악이 승리를 거둔다면, 그 악은 인근 마을로, 모든 지역, 온 나라로, 대륙으로, 그리고 바다를 건너 전 세계로 번질 수 있기 때문이었다.

11

 베스코스의 주민은 가장 젊은 샹탈과 가장 늙은 베르타를 포함해 281명밖에 되지 않았고, 마을에서 중요한 역할을 한다고 할 수 있는 유지는 고작 여섯 명이었다. 관광객들의 안락을 책임지고 있는 호텔 여주인, 주민들의 영혼을 돌보는 신부, 준법을 책임지는 읍장, 남편이 결정을 내리는 데 일조하는 읍장 부인, 저주받은 늑대에게 물리고도 살아남은 대장장이, 마을 주변 땅 대부분을 소유하고 있는 지주. 베스코스가 호화별장들을 짓기에 이상적인 장소이기 때문에 장기적으로 볼 때 언젠가는 개발이 이루어질 것을 확신한다며 아이들 놀이터 짓는 일에 끝끝내 반대한 사람이 바로 이 지주였다.
 이들을 제외한 마을 주민들은 키울 양들과 밀, 식구들을 먹여

살릴 것들을 챙기기에도 바빠서 마을에 무슨 일이 닥칠지 신경 쓸 여유가 별로 없었다. 그들은 호텔 바를 드나들고, 미사에 참석했으며, 법을 잘 지켰고, 필요하면 몇몇 장인들의 솜씨를 빌리고, 가끔은 저축한 돈으로 얼마 안 되는 땅뙈기를 사기도 했다.

지주는 바에 들르는 법이 없었다. 그에게 호텔에 묵고 있는 그 이상한 손님의 이야기를 전해준 것은 전날 저녁 바에 있었던 그의 여직원들 중 하나였다. 그 여직원은 큰 부자임이 분명한 이방인의 유혹에 못 이기는 척 넘어가 그가 재산을 일부 떼어주지 않을 수 없도록 그의 아이를 가질 각오까지 하고 있던 여자였다.

지주는 미스 프랭의 말이 마을 밖으로 퍼져나가지 않을까 염려했다. 그는 소문이 사냥꾼과 관광객들 귀에 들어가지 않도록 잘 단속한 다음, 곧 베스코스의 유지들을 소집했다. 샹탈이 숲을 향해 걸어가고 있던 그때, 이방인이 그 이해할 수 없는 산책을 즐기고 있던 그 순간, 베르타가 남편의 유령과 잡담을 늘어놓던 바로 그 순간, 마을 유지들은 작은 성당의 제의실(祭衣室)에 모여 있었다.

지주가 입을 열었다.

"우리가 할 일은 경찰에 신고하는 것밖에 없습니다. 그 금은 분명 있지도 않을 겁니다. 제 생각입니다만, 그 사내는 제 여직원을 유혹하려고 그런 제안을 한 겁니다."

"그 자리에 안 계셨으니 그런 말씀을 하시는 겁니다. 금은 있어요. 미스 프랭이 구체적인 증거도 없이 자기 평판에 금이 갈 그 따위 짓을 할 리가 없어요. 어쨌거나 우리는 이 일을 경찰에 알려야 합니다. 그 이방인은 아마 강도일 겁니다. 목에 현상금이 걸리자, 이곳에 장물을 숨기러 온 것이 틀림없어요."

읍장이 대꾸했다.

"바보 같은 소리 좀 작작 하세요! 만약 그렇다면 드러내놓고 그런 제안을 할 리가 있겠어요?"

읍장 부인이 답답하다는 듯이 남편에게 소리쳤다.

"문제는 그게 아니잖아요. 당장 경찰에 알려야 합니다."

그들은 마침내 의견 일치를 보았다. 신부는 격론으로 달아오른 열기를 식히기 위해 손님들에게 포도주를 대접했다. 그런데 문제가 있었다. 이방인을 고발할 아무런 증거가 없는 상태에서 도대체 경찰에게 뭐라고 말한단 말인가? 섣불리 신고했다가는 범죄를 부추겼다는 죄목으로 미스 프랭만 체포되고 사건이 마무리될 위험이 컸다.

"유일한 증거는 금입니다. 금 없이는 어쩔 도리가 없어요."

그것은 분명했다. 그런데 금은 어디 있지? 그것을 보았다는 사람은 단 한 사람인데, 그 사람 역시 그것이 어디에 숨겨져 있는지는 모른다지 않는가.

신부는 수색팀을 조직해 산을 샅샅이 뒤져보자고 제안했다. 그러자 호텔 여주인이 작은 묘지 쪽으로 나 있는 창문의 커튼을 열어젖히고는 계곡 양쪽으로 펼쳐진 산들의 광활한 전경을 가리키며 말했다.

"백 명이 나서서, 백 년 동안은 뒤져야 할 거예요."

지주는 내심 그곳에 묘지를 세운 것을 후회하고 있었다. 그 멋진 전망을, 즐길 수도 없는 죽은 자들에게 내주다니 말이다.

"언제 기회가 되면 신부님과 함께 묘지에 대해 얘길 좀 나누고 싶군요."

그가 신부에게 말했다. 신부가 의아한 표정으로 바라보자 그가 말을 이었다.

"성당 옆의 저 땅을 내놓으신다면, 죽은 사람들을 위해 더 좋은 장소를 제공할 용의가 있습니다."

"그런데 누가 주검들이 누워 있던 저 땅을 사서 집을 짓고 살려고 하겠습니까?"

"물론 마을사람들 중에는 없겠죠. 하지만 산들이 훤히 내다보이는 곳에 별장을 가지고 싶어하는 도시 사람들은 숱하게 널렸어요. 베스코스 주민들에게 그 땅에 대해 일체 함구해달라고 부탁만 하면 문제될 게 없습니다. 일이 잘 되면 마을사람들의 수입도 늘고, 읍에서 거둬들이는 세금도 크게 증가할 겁니다."

"당신 말이 맞아요. 모두에게 입을 다물어달라고만 하면 될 거요. 어렵지 않은 일이죠."

갑자기 모두 침묵을 강요당하기라도 한 듯 토론이 중단되었다. 아무도 그 침묵을 깨지 못했다. 두 여자는 바깥 경치를 바라보는 척했고, 신부는 기계적으로 청동상에 걸레질을 했고, 지주는 포도주를 한 잔 더 따르고 있었고, 대장장이는 신발끈을 고쳐 맸고, 읍장은 다른 약속이라도 있는 양 연신 손목시계를 들여다보았다.

다들 그 자리에 굳어버린 것처럼 보였다. 그들은 모두 잘 알고 있었다. 베스코스 주민들 중 어느 누구도 지금 묘지가 있는 땅을 파는 문제에 목청 높여 반대하지 않으리라는 것을. 그렇게 해서 사라질 위기에 처한 마을에 새로운 거주자들을 불러들일 수 있다면 모두 아주 좋아할 것이다. 개인적으로는 단 한 푼도 더 벌지 못한다 하더라도.

그런데 상상해보자. 만약……

만약 그들과 자식들이 평생 쓰고도 남을 돈을 단번에 벌 수 있다면……

갑자기, 그들은 제의실에 뜨거운 열기가 번지는 느낌을 받았다. 신부는 5분이 지나도록 방안을 무겁게 짓누르고 있는 침묵을 깨기로 마음먹었다.

"어떻게들 하시겠습니까?"

그 자리에 있던 다섯 사람이 일제히 그를 돌아보았다.

"주민들이 입을 열지 않으리라고 확신할 수만 있다면, 전 협상을 계속해볼 수도 있다고 생각합니다."

어떻게 보느냐에 따라 달리 해석할 수 있는 말들을 애써 골라가며 지주가 대답했다.

"모두 일밖에 모르는 신중하고 선량한 일꾼들이죠."

호텔 여주인도 똑같은 술책을 사용해 말을 받았다.

"예를 들어, 오늘 아침 빵장수가 마을에 무슨 일이 있는지 알고 싶어했을 때도 아무도 입을 열지 않았어요. 전 그들을 믿을 수 있다고 생각해요."

또다시 침묵이 흘렀다. 하지만 이번에는 이 미묘한 놀이를 계속해야 하는가 하는, 외면하기 힘든 숨막힐 듯한 침묵이었다. 이번에 총대를 맨 건 대장장이였다.

"문제는 마을 주민들의 침묵이 아니라, 그 일이 도저히 받아들일 수 없는 비도덕적인 짓이라는 걸 다들 알고 있다는 사실이지요."

"무슨 일을 말씀하시는 겁니까?"

"성스러운 땅을 파는 것 말이지요."

대장장이의 대답이 끝나기가 무섭게 방 안에 안도의 한숨이 퍼졌다. 실질적인 관점에서 장애물이 치워졌으니 이제 도덕적인 토론에 들어갈 수 있었다.

"우리의 베스코스가 쇠락해가는 것을 바라보고만 있는 것이야말로 비도덕적인 행위예요."

읍장 부인이 말했다.

"우리기 이곳에 살 마지막 사람들이라고, 우리 힐아버지들과 우리 조상들, 그리고 아합과 켈트족의 꿈이 몇 년 후면 끝장날 거라고 속절없이 되뇌는 것이야말로 비도덕적이라구요. 우리도 요양원에 가기 위해서든, 자식들을 찾아가 대도시 생활에 적응하지 못하는 갈 곳 없는 병든 늙은이들을 보살펴달라고 사정하기 위해서든, 이곳을 곧 떠나게 될 거예요. 우리가 우리 부모로부터 물려받은 귀중한 유산을 다음 세대에는 물려주지 않으려는 자식들 곁에서 그들이 버린 것들을 아쉬워하며 살아가게 되겠죠."

"부인 말씀이 옳아요."

대장장이가 맞장구를 치고 나섰다.

"비도덕적인 것은 우리가 지금 살고 있는 삶입니다. 잘 생각해 보세요. 베스코스가 폐허로 변하면, 이 땅들은 버려지거나 헐값으로 팔려나갈 겁니다. 불도저들이 몰려와서 큰길을 내겠지요. 마지막 남은 집들도 철거될 것이고, 우리 조상들이 땀흘려 세워놓은 것들을 허문 자리에는 강철로 지어진 창고들이 들어설 겁니다. 농사는 기계화될 것이고, 경영자들은 멀찍이 떨어진 곳에 살면서 이따금 이곳에 들러 하루를 보내는 것으로 만족할 겁니다.

우리 세대로선 얼마나 부끄러운 일입니까?! 우리는 자식들이 떠나도록 내버려뒀습니다. 그애들을 이곳에 붙들어둘 능력이 없었으니까요."

"무슨 일이 있어도 이 마을을 살려야 합니다."

지주가 말을 이었다. 많은 땅을 사들여 대기업에 되팔아 큰 이문을 남길 수 있는 그는 베스코스의 쇠락에서 이익을 얻을 수 있는 유일한 사람이었다. 하지만 그렇다 하더라도 엄청난 보물이 묻혀 있을지도 모르는 땅을 남에게 넘기는 것은 말도 안 되는 소리였다.

"신부님은 어떻게 생각하세요?"

호텔 여주인이 물었다.

"전 다른 건 몰라도 제 종교만은 잘 알고 있습니다. 제 종교는 단 한 사람의 희생이 전 인류를 구원했다고 가르치고 있지요."

그는 자기가 한 말의 효과를 가늠해보기 위해 잠시 말을 멈췄다. 다른 사람들이 나설 기미가 보이지 않자 그가 말을 이었다.

"이제 전 미사를 준비해야 합니다. 오후 늦게 다시 모이는 게 어떻겠습니까?"

마치 시급히 해결해야 할 중요한 일이라도 생각난 듯 갑자기 마음이 바빠진 그들은 한숨 돌린 표정으로 다시 만날 약속 시간을 정하는 데 동의했다. 오로지 읍장만이 냉정함을 유지하고 있는 것처럼 보였다. 그가 제의실 문턱에 서서 단호한 어조로 말했다.

"방금 신부님께서 하신 말씀은 아주 흥미롭군요. 오늘 설교의 훌륭한 주제가 될 수 있을 것 같습니다. 제 생각엔 우리 모두 오늘 미사에 참석해야 할 것 같군요."

12

샹탈은 금괴를 손에 넣는 즉시 무엇을 할지 생각하며, Y자 형태의 바위를 향해 결연하게 발걸음을 옮겼다. 방으로 돌아가 옷을 갈아입고 신분증과 현금을 챙긴 다음 큰길로 내려가 차를 얻어 타고 마을을 떠날 작정이었다. 주사위는 이미 던져졌다. 마을사람들은 손닿는 곳에 떨어진 횡재를 거머쥘 자격이 없는 사람들이었다. 가방을 꾸리지는 않을 생각이었다. 그녀는 자신이 베스코스를, 베스코스와 아름답지만 아무 쓸모 없는 그 전설들을, 선량하지만 겁 많은 주민들을, 매일 저녁 늘 같은 얘기로 노닥거리는 손님들로 붐비는 바를, 아주 가끔씩 나가던 성당을 영원히 떠난다는 것을 사람들에게 알리고 싶지 않았다. 이방인이 그녀를 고발할 수도 있고, 경찰이 큰길에서 그녀를 기다리고 있을지도 모른다는 생각은 무시해버렸다. 이제 그녀는 모든 위험에 맞설 각오가 되어 있었다.

30분 전에 들끓던 증오는 사라지고 이제 기분 좋은 충동이 서서히 그녀의 가슴을 채웠다. 그것은 복수의 욕망이었다.

그녀는 자신이, 순박하지만 위선적인 그들의 영혼 깊숙이 감춰져 있는 악의에 손가락질할 최초의 사람이 되리라는 사실에 통쾌함마저 느꼈다. 그들은 모두 범죄를 꿈꾸고 있었다. 범죄를 행동으로 옮길 수 없기 때문에, 단지 꿈꾸는 것만으로 만족하고 있는 것이다. 그들은 죄 없는 사람을 죽이지 못했던 건 단지 두려움 때문이었다는 걸 스스로 잘 알고 있으면서도, 자신이 결코 불의를 저지르지 못하는, 어떤 대가를 치르더라도 마을의 명예를 지키는 선인이라고 되뇌며 비루한 삶을 이어갈 것이다.

그들은 매일 아침 자찬(自讚)할 것이다, 양심을 지켰다고. 그들은 매일 밤 후회할 것이다, 일생일대의 기회를 놓쳐버렸다고.

앞으로 석 달 동안 바에서 오고갈 대화의 주제는 뻔했다. 선량한 베스코스 주민들의 양심일 것이다. 사냥철이 돌아오면, 그들은 얼마 동안 그 일에 대해 입을 다물고 지낼 것이다. 세상을 다른 방식으로 바라보는 외지인들은 자신들이 우정과 선이 지배하고, 아름다운 자연이 펼쳐져 있으며, 호텔 여주인이 부티크라 부르는 작은 진열대에 놓인 지역 특산물에도 시골마을의 순박함이 배어 있는, 그런 외진 마을에 와 있다고 느끼고 싶어했으니까.

하지만 사냥철이 끝나는 즉시, 마을 주민들은 그 화제를 다시 들먹이며 즐길 것이다. 큰돈을 만질 수 있는 기회를 놓치고 말았다는 아쉬움에, 그들은 일어날 수도 있었을 일에 대해 끊임없이 상상할 것이다. 야음을 틈타 마을에 아무런 도움도 되지 않는 노파 베르타를 죽이고 금괴 열 덩이를 마을에 가져다줄 용기를 낸 사람이 왜 아무도 없었을까? 매일 아침 양떼를 먹이러 산으로 올라가는 양치기 산티아고를 사냥 사고를 가장해 살해할 생각을 왜 아무도 하지 못했을까? 그들은 처음에는 차분하게, 나중에는 울분을 삭이며, 그들이 했을 수도 있었을 모든 방법들을 하나하나 손꼽아볼 것이다.

일 년쯤 지나고 나면, 그들은 증오심을 주체하지 못하고 마을 사람들을 모두 부자로 만들어줄 수도 있었을 일에 발벗고 나서지 않았다며 서로를 비난할 것이다. 그리고 이방인이 보여준 금괴를 챙겨 흔적도 없이 사라진 미스 프랭이 어디에 가 있을지 궁금해할 것이다. 그들이 그녀에 대해 좋게 말할 리 없었다. 그들이 할 말은 듣지 않아도 뻔했다. 제 할머니가 돌아가신 후로 마을사람들이 도와주려고 무던히 애썼고, 신랑감 하나 물어 이 마을을 뜰 재주조차 없는 것을 바에서 일하게 해주었더니 틈만 나면 자기보다 훨씬 나이 많은 호텔 손님들과 놀아나고, 두둑한 팁을 구걸하기 위해 모든 관광객들에게 추파나 던진 배은망덕한 고아.

그들은 자기 연민과 증오 사이를 오가며 여생을 보낼 것이다. 그들에게 복수한다고 생각하니 너무나 통쾌했다. 빵차 주위에 모여 자기들이 저지르지 못할 범죄에 대해 입 다물어주길 애원하는 눈길을 보내다가, 곧바로 그들의 비겁함을 백일하에 드러낸 것이 바로 그녀인 양, 마치 그들 결점의 책임이 그녀에게 있는 양 그녀를 향해 비난의 화살을 돌린 그들의 눈길을 결코 잊지 못할 것이다.

마침내 그녀는 도착했다. 그녀 앞에 Y자 형태의 바위가 서 있었고, 그 옆에는 이틀 전 땅을 파기 위해 사용했던 나뭇가지가 놓여 있었다. 그녀는 그 순간을 음미했다. 이제 몸짓 하나면 그녀는 선량한 처녀에서 절도범으로 바뀔 것이다.

절도범이라고? 아니다, 그렇지 않다. 이방인이 도발을 해왔으니 그녀로서는 반격을 하는 것일 뿐이다. 훔치는 것이 아니다. 이 같잖은 소극(笑劇)에 대변인 역할을 해줬으니 그 대가를 취하는 것뿐이다. 빵차 주변에서 잠재적 살인자들의 눈총을 받은 대가, 이곳에서 인생을 보낸 대가, 사흘 밤을 잠 못 이루고 뒤척인 대가, 영혼을 잃고—영혼이라는 것이 존재한다면—타락하는 대가, 그 정도면 충분하지 않은가. 그녀는 그 금에, 그리고 그 이상에도 손을 댈 자격이 있었다.

그녀는 다독여놓은 흙을 헤치고 금괴를 꺼냈다. 바로 그 순간, 그녀는 소스라치게 놀랐다. 알 수 없는 무슨 소리가 들려왔던 것이다.

누군가가 미행을 한 것일까? 그녀는 얼른 금괴를 다시 밀어넣고는 아무 소용이 없다는 걸 알면서도 본능적으로 흙을 몇 줌 집어 구덩이에 던져놓았다. 그러고는 보물을 찾고 있었다고, 이방인이 이 오솔길을 따라 산책한다는 걸 이미 알고 있었으며, 오늘에야 이곳에 뭔가를 묻은 흔적을 발견해냈다고 설명할 준비를 하고 돌아섰다.

그 순간, 그녀는 숨이 막히고 말았다. 숨겨진 보물, 마을에서 벌어지고 있는 정의에 관한 토론과는 아무 상관도 없는, 피에 굶주린 괴물이 서 있었다.

왼쪽 귀에 있는 흰 얼룩. 저주받은 늑대였다.

늑대는 그녀와 가장 가까이 있는 나무 사이에 못 박힌 듯 버티고 있었다. 그쪽으로 달아나는 것은 불가능했다. 샹탈은 짐승의 눈에 홀린 듯 꼼짝도 할 수 없었다. 머릿속이 들끓으며 생각들이 마구 뒤엉켰다. 어떻게 하지? 나뭇가지를 사용해? 아니, 늑대의 공격을 물리치기에는 너무 약해. 바위 위로 올라가? 아니, 금방 뒤따라올 거야. 전설 따윈 무시하고, 저놈을 그냥 무리에서 떨어져나온 보통 늑대라고 생각하고 한바탕 싸워봐? 아냐, 위험이 너무 커. 전설에는 늘 진실이 담겨 있는 법이잖아.

'징벌.'

살아오는 동안 그녀에게 일어난 모든 일이 그랬듯, 그것은 부당한 벌이었다. 하느님이 그녀를 택해 세상에 대한 분풀이를 하는 것만 같았다.

그녀는 본능적으로 나뭇가지를 땅에 떨어뜨렸다. 그러고는 천천히 움직이려 애쓰며 양팔을 교차시켜 목을 감쌌다. 가죽바지를 입고 오지 않은 것이 후회됐다. 사냥꾼들에게 주워들은 이야기가 있어서, 그녀는 늑대에게 허벅지를 물리면 과다출혈로 단 10분 만에 죽을 수도 있다는 것을 알고 있었다.

늑대가 아가리를 벌리고 으르렁거렸다. 소름을 돋게 하는 묵직한 으르렁거림, 그것은 단순한 위협이 아니었다. 늑대는 곧 달려들 태세였다. 샹탈은 눈길을 피하지 않았다. 그녀는 심장이 점점 빨리 뛰는 것을 느꼈다. 짐승이 송곳니를 드러낸 것이다.

늑대가 그녀에게 달려들든지 아니면 스스로 물러가든지는 시간 문제였다. 그녀는 물리는 한이 있더라도 아픔을 참고 달음질쳐 나무 위로 기어올라가기로 마음먹었다.

그녀는 금괴를 떠올렸다. 다시 찾으러 오면 되리라. 그 금을 위해서라면 살점을 뜯기고 피 흘릴 각오가 되어 있었다. 그녀는 나무를 향해 뛰려고 했다.

갑자기, 마치 영화에서처럼, 늑대 뒤 조금 떨어진 곳에서 그림자 하나가 불쑥 모습을 드러냈다.

늑대 역시 냄새로 누군가 다가오는 것을 알아차린 듯했지만 샹탈의 시선에 사로잡혔는지 꼼짝도 하지 않았다. 그림자가 다가왔다. 몸을 숙인 채 덤불을 헤치고 좀 떨어진 나무를 향해 다가오고 있는 것은 바로 이방인이었다. 그는 늑대를 향해 돌을 던지고는 나무를 기어오르기 시작했다. 돌은 늑대의 머리를 스치고 지나갔다. 늑대는 즉각 뒤로 돌아 이방인을 향해 달려들었다. 이방인은 그새 늑대의 이빨이 닿지 않는 나뭇가지 위에 올라가 앉아 있었다.

"빨리 나처럼 해요!"

이방인이 소리쳤다.

샹탈은 눈에 들어오는 한 나무로 달려가 필사적인 노력 끝에 나뭇가지 위에 올라앉았다. 그녀는 안도의 한숨을 내쉬었다. 금괴를 손에 넣을 수 없게 된 것은 아쉽지만, 죽지 않고 살아남는 것이 무엇보다 중요했다.

늑대는 이방인이 올라앉은 나무둥치를 잡으려 미친 듯이 으르렁거리며 펄쩍펄쩍 뛰고 있었다.

"나뭇가지를 꺾어요."

샹탈이 목이 터져라 소리를 질렀다.

"아뇨! 던지지 말고 횃불을 만들어요!"

이방인은 곧 그녀의 말을 알아들었다. 그는 나뭇가지들을 모아 다발을 만들고 라이터를 켜들었다. 하지만 갓 꺾은 축축한 나무라 여러 차례 시도한 끝에야 불을 붙일 수 있었다.

샹딸은 그의 움직임을 주시했다. 그 남자가 어찌 되건 아무 상관도 없었다. 그가 사람들에게 심어놓으려 했던 것과 같은 공포에 사로잡혀 그 자리에서 옴짝달싹 못 한다 하더라도 그건 그의 문제였다. 하지만 우선 이 자리에서 죽음을 모면하기 위해서는 그를 도울 수밖에 없었다.

"이제 당신이 남자라는 걸 보여줘요! 나무에서 내려와 횃불로 늑대를 쫓아요!"

샹딸은 소리쳤다. 하지만 남자는 몸이 완전히 굳어버린 것 같았다.

"내려가요! 빨리!"

이번에는 이방인이 그녀 목소리의 권위에, 공포에서 오는, 두려움과 고통을 밀쳐두고 위험에 신속히 대응하는 능력에서 오는 권위에 복종했다. 그는 얼굴에 불똥이 튀어도 아랑곳하지 않고 횃불을 휘두르며 땅으로 펄쩍 뛰어내렸다.

"그놈에게서 눈을 떼지 말아요!"

늑대는 사내를 향해 이빨을 드러내며 으르렁거렸다. 사내는 늑대에게 횃불을 들이댔다.

"공격해요!"

사내가 한 발 한 발 다가가자 늑대가 뒤로 물러서기 시작했다. 그가 이제는 활활 타오르고 있는 횃불을 휘두르자, 갑자기 으르렁거림이 잦아들더니 늑대가 몸을 휙 돌려 쏜살같이 달아났다. 눈 깜짝할 사이에 짐승은 잡목숲 속으로 사라져버렸다. 샹탈은 나무에서 내려왔다.

"피합시다, 빨리!"

이방인이 말했다.

"어디로요?"

그들이 함께 걷는 것을 온 마을 사람들이 지켜보도록 마을로 돌아가자고? 횃불로도 벗어날 수 없는 함정으로 기어들어가자고?

갑자기 등에 격렬한 고통을 느낀 그녀는 바닥에 쓰러졌다. 가슴이 미친 듯이 뛰었다.

"불을 피워요. 좀 앉아서 기운을 좀 차려야겠어요."

움직여보려고 애쓰던 그녀가 비명을 질렀다. 마치 누군가가 단도로 어깨를 찌르는 듯한 고통이 엄습했다. 이방인이 급히 불을 피웠다. 샹탈은 고통으로 온몸을 비틀며 신음했다. 나무에 기어오를 때 다친 모양이었다.

"내가 안마해주겠소. 내 생각엔 어디가 부러진 것 같지는 않소. 아마 근육에 타박상을 입었을 거요. 잔뜩 긴장한 상태에서 급하게 움직이다 삐끗한 게 분명해요."

"내 몸에 손대지 말아요! 그 자리에 그대로 있어요! 나한테 말도 걸지 말아요!"

고통, 두려움, 수치심. 그녀는 자신이 금괴를 파내는 걸 그가 봤다고 확신했다. 그는 악마와 동행하고 있고, 악마는 사람들의 영혼을 헤아리기 때문에 샹탈이 그 금을 훔치려 했다는 걸 알고 있는 게 분명했다.

그는 지금 이 순간 마을 주민들이 범죄를 꿈꾸고 있다는 것도, 그들이 두려움 때문에 아무 짓도 못 하리라는 것도 알고 있었다. 하지만 그들이 막연하게나마 품고 있는 의도만으로도 그의 질문에 긍정적인 답이 되기엔 충분했다. 그렇다. 인간은 근본적으로 악하다. 샹탈이 도망치려 했다는 걸 그가 너무나 잘 알고 있기 때문에, 전날 밤 둘이 맺은 계약은 이제 아무 의미가 없었다. 자신의 확신을 굳혔으니, 이제 그는 금을 챙겨 다시 방랑의 길을 떠날 수 있었다.

샹탈은 앉기 편한 자세를 취해보려 애썼지만 헛수고였다. 꼼짝도 할 수 없었다. 피워둔 불이 늑대가 다시 접근하는 건 막아주겠지만, 근처에서 양떼를 먹이고 있는 양치기들의 관심을 끌 위험이 있었다. 그들이 이방인과 함께 있는 그녀를 볼 수도 있었다.

그녀는 그날이 토요일이라는 것을 떠올리고는, 자질구레한 골

동품과 석고상들이 가득하고, 조악한 그림들로 장식된 옹색한 집에 틀어박혀 있을 베스코스의 주민들을 생각하며 미소지었다. 토요일이면 모두들 심심해했다. 하지만 모두들 이번 주말에는 오랜만에 기분전환 할 수 있는 최고의 기회가 주어졌다고 생각할 것이다.

"입 닥쳐요!"

"난 아무 말도 하지 않았소."

샹탈은 울고 싶었다. 하지만 이방인 앞에서 약한 모습을 보이는 건 끔찍이 싫었다. 그녀는 애써 울음을 삼켰다.

"난 당신 목숨을 구해줬어요. 그러니까 이 금괴를 가질 자격이 있다구요."

"내가 당신 목숨을 구했지. 내가 아니었다면 늑대가 당신을 공격했을 거요."

사실이었다.

"그렇지만 한편으론, 당신이 내 안에 있는 뭔가를 구했다는 건 인정하겠소."

계략이었다. 그는 아무것도 이해하지 못한 척하면서 금을 갖고 떠날 권리를 스스로에게 부여하려 하고 있었다. 끝장이었다.

이방인이 천천히 말을 이었다.

"내가 했던 제안 말이오. 난 너무나 괴로웠기 때문에 다른 사람들도 나처럼 괴로워하는 것을 보며 위안을 삼으려 했소. 당신 말이 맞소."

이방인의 악마는 방금 들은 얘기가 조금도 마음에 들지 않았다. 그는 샹탈의 악마에게 도움을 청했다. 하지만 샹탈의 악마는 그녀를 따라다닌 지 얼마 되지 않아서 아직 그녀를 완전히 지배하지 못하고 있었다.

"그렇다고 뭐가 달라지나요?"

샹탈이 말했다.

"아무것도 달라지지 않소. 하지만 내기는 여전히 유효하오. 그리고 난 내가 이길 거라는 걸 알고 있소. 그러나 난 내가 얼마나 불쌍한 인간인지, 또 내가 왜 이런 인간이 되어버렸는지 깨달았소. 나에게 일어난 일이 부당하다고 확신했기 때문이오."

이제 샹탈에겐 가능한 한 빨리 그곳을 떠나야 한다는 것, 오로지 그 생각밖에 없었다.

"난 내 몫의 금을 챙기는 게 정당하다고 생각해요. 당신이 막지만 않는다면 금을 갖고 떠나겠어요. 당신도 나처럼 하라고 말씀드리고 싶군요. 난 베스코스로 돌아가고 싶지 않아요. 여기서 곧장 큰길로 나갈 거예요. 지금, 이 자리에서 우리 운명은 갈라지는 거예요."

"원한다면 떠나시오. 하지만 지금 이 순간, 마을 주민들이 누구를 희생자로 삼을지를 놓고 토의중이라는 사실을 잊지 마시오."

"그럴 수도 있겠죠. 하지만 그들은 계속 토론만 하다가 주어진 기한을 넘기고 말 거예요. 그런 다음 한 이 년 동안은 그때 과연 누구를 죽였어야 했느냐를 놓고 옥신각신하겠죠. 그 사람들은 행동해야 할 순간에는 머뭇거리지만, 다른 사람에게 잘못을 떠넘겨야 할 때에는 악착같거든요. 전 그들을 잘 알아요. 당신이 마을로 돌아가지 않는다면, 그들은 구태여 토론을 벌이는 수고조차 하지 않을 거예요. 모든 게 다 내가 지어낸 얘기라고들 하겠죠."

"베스코스는 여느 촌락이나 다름없는 마을이오. 지금 그곳에서 일어나고 있는 일은 인간들이 모여 살아가는 모든 곳, 크고 작은 도시, 야영지, 심지어는 수도원에서도 일어나고 있소. 당신이 이해하지 못하는 것은 그것만이 아니오. 당신은 운명이 이번에는 내 편을 들었다는 사실, 날 도와줄 수 있는 가장 이상적인 사람을 택했다는 사실도 이해하지 못하고 있소. 성실하고 정직한 아가씨의 모습을 하고 있지만 나처럼 복수하기를 원하는 누군가를 말이오. 적과 대결을 벌일 수 없게 되면 — 이 이야기를 끝까지 밀고 나가면 우리에게 공물을 강요한 것이 바로 우리의 진정한 적, 즉 신이라는 사실을 깨닫게 될 테니까 — 우리는 우리를 둘러싸고 있는 모든 것에 대고 불만을 터뜨리게 되어 있소. 삶 자체를 원망하는 걸로는 결코 충족될 수 없는 복수의 욕구 말이오."

"당신의 장광설은 더이상 듣고 싶지 않아요."

세상 누구보다도 증오하는 사람이 자신의 영혼을 꿰뚫어보고 있다는 사실에 화가 난 샹탈이 소리쳤다.

"자, 이제 난 내 금괴를 가지고 떠날 테니, 당신도 당신 금괴들을 챙겨 떠나세요!"

"사실 난 당신에게, 내 아내와 딸들이 당한 것과 똑같은 아무런 동기도 없는 살인이라는 혐오스러운 제안을 함으로써 실상은 나 자신을 구하고자 했다는 것을 깨달았소. 우리가 두번째로 대화를 나누었을 때 내가 인용했던 철학자 생각나시오? 인간들이 하는 짓이 영원히 사는 신을 끊임없이 괴롭히기 때문에, 인간에 대한 그의 사랑이 바로 신의 지옥이라고 말했다는 그 철학자 말이오. 바로 그 철학자가 이런 말도 남겼소. 자기 안에 있는 최상의 것에 도달하기 위해서는 자기 안에 있는 최악의 것이 필요하다."

"무슨 소린지 모르겠어요."

"여태까지 나는 복수만을 생각해왔소. 당신 마을의 주민들처럼 꿈만 꾸며 밤낮으로 실현 가능성이 없는 계획들만 세웠지. 아무 것도 하지 않으면서 말이오. 얼마 동안은 언론을 통해 나와 비슷한 상황으로 소중한 가족들을 잃었지만 결국에는 나와는 정반대의 방식으로 행동에 나선 사람들에 대한 이야기를 접할 수 있었소. 그들은 희생자들을 위해 후원회를 결성하고, 불의를 고발하기 위해 협회를 설립하고, 복수한다고 해서 가족을 잃은 고통이 사그라지지 않는다는 걸 증명하기 위해 캠페인을 벌였소. 나 역시 좀더 너그러운 눈으로 세상을 바라보려 애썼지. 하지만 그럴 수가 없었소. 기껏 용기를 내어 극단에 이른 지금에서야 난 내 영혼 깊은 곳에서 한 줄기 빛을 발견한 거요."

"계속해보세요."

역시 어렴풋하나마 빛이 비치는 것을 느낀 샹탈이 말했다.

"난 인간이 악하다는 것을 증명하고 싶은 게 아니오. 단지 내게 일어난 일이 무의식적으로 내가 원했던 것임을 증명하고 싶을 뿐이오. 왜냐하면 나는 완전히 타락한 악한 인간이기 때문이오. 나는 삶이 내게 내린 벌을 받아 마땅한 인간이오."

"신이 공정하다는 것을 증명하고 싶다는 건가요?"

이방인은 잠시 생각에 잠겼다.

"그럴지도."

"신이 공정한지 아닌지는 잘 모르겠지만, 어쨌거나 나한테는 그리 호의적이지 않았어요. 그리고 내 영혼을 갉아먹는 건 바로 이 무력감이에요. 난 내가 원하는 만큼 선하지도 못하고, 그래야 한다고 생각하는 만큼 악하지도 못해요. 몇 분 전만 해도, 난 신이 자신을 서글프게 만드는 인간들에게 복수하기 위해 날 선택했다고 생각했어요. 물론 차원이 다르기는 하겠지만, 당신도 비슷한 생각을 품고 있을 거예요. 선하게 살려고 했는데도 보상받지 못했다는."

샹탈은 속내를 드러내는 자신의 모습에 약간 당황스러워하며 사기가 하는 말을 듣고 있다. 이방인의 악마는 샹탈의 친사가 더욱 강렬한 빛을 발하는 것을 보았다. 상황이 역전되고 있었다.

'어떻게 좀 해봐.'

그가 샹탈의 악마에게 속삭였다.

'나름대로 애쓰고 있는데, 힘이 부쳐 안 되겠어.'

"당신의 문제는 신이 공정하냐 아니냐에 있는 게 아니라, 당신이 늘 상황의 희생자가 되는 것을 선택해왔다는 데 있소."

이방인이 말했다.

"말하자면 당신처럼요."

"아니, 난 나를 덮친 뭔가에 반발했소. 사람들이 내 행동방식에 찬성하느냐 않느냐는 전혀 중요치 않소. 하지만 당신은 어떻게든 사람들에게 받아들여지기를 갈망하는, 세상에 버려진 천애고아로서의 당신 역할을 믿었소. 그것이 늘 가능하진 않기 때문에 사랑받고자 하는 당신의 욕망은 복수에 대한 은밀한 갈증으로 변하고 마는 거요. 사실, 당신은 베스코스의 다른 주민들처럼 되기를 바라고 있소. 우린 모두 다른 사람들과 같아지기를 원하니까. 하지만 운명이 당신을 다른 길로 이끈 거요."

샹탈은 고개를 가로저어 부인했다.

'힘 좀 써봐.'

샹탈의 악마가 동료에게 말했다.

'아니라고 고개는 젓고 있지만 속으로는 그렇다고 대답하고 있어.'

이방인의 악마는 자신의 힘이 이방인의 입을 다물게 만들 수 있을 만큼 충분히 강하지 않다는 것을 샹탈의 악마가 알아차린 것에 심한 굴욕감을 느꼈다.

'말은 아무리 해봤자 아무 소용 없어. 그냥 떠벌리게 놔두자고. 그들이 말과는 다르게 행동하도록 만드는 일은 삶이 알아서 해줄 테니까.'

"당신 말을 끊고 싶진 않았소. 부탁이니, 당신이 생각하는 신의 공정함이라는 것에 대해 좀더 말해주시오."

이방인이 말을 이었다.

자신의 약점을 찌르는 말을 더이상 듣고 있지 않아도 된다는 생각에 샹탈은 흔쾌히 입을 열었다.

"내 생각을 조리 있게 설명할 수 있을지는 모르겠어요. 이미 짐작했겠지만, 다른 마을들처럼 베스코스에도 성당이 있긴 하지만, 그리 신앙심이 깊은 마을은 아니에요. 아마 아합이 성 사뱅에게 교화되긴 했지만 사제들의 영향력을 견제했기 때문일 거예요. 아합은 죄를 지으면 벌을 받는다는 말로 신부들이 위협해봤자 대부분이 흉악범인 이곳 원주민들은 또다시 범죄의 구렁텅이로 떨어지고 말 거라고 판단했어요. 잃을 것이 아무것도 없는 사람들은 영생에 진히 관심이 없으니까요.

마을에 처음으로 신부가 부임해왔을 때 이미 아합은 그럴 위험이 있다는 걸 깨달았어요. 그는 그 위험에 대비하기 위해 유태인들의 가르침에 따라 용서의 날을 정했어요. 그리고 그날 자신이 만든 의식을 주민들에게 치르도록 했죠.

일 년에 한 번, 마을 주민들은 집 안에 틀어박혀 두 가지 목록을 작성한 다음, 주변에서 가장 높은 산에 올라가 하늘에 대고 첫번째 목록을 읽었어요. '주님, 전 주님의 율법에 반하는 절도, 간통, 부정 등 중죄들을 저질렀나이다. 이렇게 많은 죄를 저질러 주님을 욕되게 한 것을 부디 용서해주옵소서.'

이어서 주민들은 두번째 목록을 꺼내 하늘에 대고 읽었어요. 아합의 기발한 착상이 바로 이거예요. '하지만 주님, 주님께서도 저에게 많은 죄를 지었나이다. 주님께선 절 너무 많이 일하게 하셨고, 제가 주님께 열심히 기도를 드렸는데도 불구하고 제 딸아이가 병에 걸리고 말았으며, 정직하게 살려고 노력했는데도 도둑질을 당했고, 아무런 이유도 없이 고통을 겪었습니다.'

두번째 목록을 읽고 난 후에, 의식을 끝맺는 말이 또 있었어요.

'전 주님께 죄를 지었고, 주님은 저에게 죄를 지으셨습니다. 하지만 오늘은 용서의 날이니, 이날을 빌려 주님께서는 제 잘못들을 잊으시고 저 역시 주님의 잘못들을 잊는다면 또다시 일 년을 함께 지낼 수 있을 것입니다.'"

"신을, 파괴하는 쾌락을 누리기 위해 끊임없이 창조하는 무정한 신을 용서한다니."

이방인이 말했다.

"대화가 자꾸 내키지 않는 쪽으로 흘러가네요. 전 당신에게 뭔가를 가르쳐줄 만큼 삶에 대해 잘 알지 못해요."

샹탈이 먼산을 바라보며 말했다.

이방인은 입을 다물었다.

'이거 낌새가 영 안 좋군.'

절대로 용납할 수 없는 빛이 곁에서 밝아오는 것을 지켜보며 이방인의 악마는 생각했다. 그것은 그가 이미 2년 전에 지구상에서 가장 아름다운 해변에서 몰아낸, 바로 그 빛이었다.

13

　대대로 전해내려오는 전설, 켈트족과 신교도의 영향, 아합이 취한 조치들, 인근에 수시로 출몰하는 강도 등, 수세기가 이어지는 동안 다양한 요인들이 베스코스의 생활에 깊은 흔적을 남겼다. 신부는 자기 교구 사람들의 신앙심이 깊지 않은 것은 바로 이 때문이라고 생각하고 있었다. 세례식은 이제 아예 없었고, 결혼식도 날이 갈수록 점점 더 드물어졌다. 물론 주민들은 몇몇 의식, 특히 장례식과 성탄 미사에는 모두 참가했다. 하지만 토요일과 일요일 오전 열한시에 열리는 두 차례의 주간 미사에 참석하는 것은 몇몇 독실한 여신도들뿐이었다. 마음 같아선 토요일 미사는 없애버리고 싶었지만, 신부로서 자기 존재를 정당화하고 열성적으로, 그리고 헌신적으로 자기 소임을 다하고 있다는 것을 보여줄 필요가 있었다.

 그런데 놀랍게도 그날 아침 성당은 초만원이었다. 신부는 성당 안에 어떤 긴장이 흐르고 있는 것을 감지했다. 온 마을 사람들이 신도석을 다 메우고도 모자라 성가대석까지 차지한 채 어깨를 붙이고 앉아 있었다. 아마도 전날 밤 자신이 한 말이 부끄러워 나오지 못했을 미스 프랭과 종교에 알레르기 반응을 보이는, 마녀라고 다들 의심하는 늙은 베르타만 보이지 않았다.

 "성부와, 성자와, 성령의 이름으로."

 "아멘."

 신도들이 입을 모아 응답했다.

 신부는 미사를 봉행하기 시작했다. 키리에[*]와 글로리아^{**}에 이어 독실한 여신도가 사도서한 한 구절을 낭송했고, 신부가 그날의 복음을 읽었다. 그리고 드디어 설교의 시간이었다.

 "누가복음을 보면 한 유지가 예수님께 다가가 묻는 구절이 있습니다. '선하신 스승님, 영생을 얻기 위해선 어떻게 해야 합니까?' 예수님께서는 놀랍게도 이렇게 답하셨죠. '왜 날 선하다고 하느냐? 오로지 하느님만이 선하시니라.'

---

 * "주여 불쌍히 여기소서"라는 뜻으로, 미사중 기도를 시작하는 어구.
 ** 대영광송.

저는 우리 주님께서 이 말씀을 통해 뜻하신 바를 이해하기 위해 여러 해 동안 곰곰이 생각했습니다. 예수님께서 선하지 않다니? 이웃사랑을 이상으로 삼는 기독교가 스스로를 악하다고 여기는 이의 가르침 위에 세워졌다니? 하지만 마침내 전 깨달았습니다. 그리스도께서는 그 순간 당신의 인간적 본성을 말씀하셨던 겁니다. 인간으로서는 악하지만, 신으로서는 선하시다는 뜻이죠."

신부는 신자들이 그 메시지를 묵상할 수 있도록 잠시 말을 멈추었다. 그는 스스로에게 거짓말을 하고 있었다. 그는 그리스도의 말씀을 여전히 이해할 수 없었다. 그리스도의 인간적 본성이 악하다면, 그의 행동과 말 역시 악해야 했으니까. 하지만 그건 그가 제기해서는 안 되는 신학적인 논란거리였다. 중요한 것은, 설득력 있게 보이는 것이었다.

"오늘 저는 그 주제에 대해 길게 얘기하지 않을 생각입니다. 제가 원하는 바는, 우리 인간 존재는 저열하고 타락한 본성을 가졌다는 사실을 인정해야 하며, 또 여러분 모두 그 사실을 깨달아야 한다는 것입니다. 우리가 영벌을 면한 것은 오로지 예수님께서 인류를 구원하기 위해 당신 자신을 희생하셨기 때문입니다. 다시 한번 말씀드립니다. 하느님의 아들이 희생함으로써 우리를 구원했습니다. 단 한 사람의 희생이 우리 모두를 구원한 것이죠.

저는 구약성서들 중의 하나, 욥기의 초반부를 여러분에게 상기

시키면서 이 설교를 끝맺으려 합니다. 하느님의 아들들이 하느님 앞에 선 날, 사탄도 그들 무리에 섞여 있었습니다. 하느님께서 그에게 이렇게 물으셨죠.

'어디서 오는 길이냐?'

'땅을 돌아다니며 여기저기 다녀오는 길입니다.'

사탄이 대답했습니다. 그러자 하느님께서 물으셨죠.

'그럼 나의 종 욥을 보았느냐? 지상에 그만한 인물이 없도다. 나를 경외하고 악을 멀리하는, 청렴하고 올곧은 인간이니라!'

그러자 사탄이 대꾸했습니다.

'욥이 괜히 하느님을 경외하나요? 당신께서 그가 하는 모든 일을 축복해주시니까 그렇죠. 손을 뻗어 욥이 가진 모든 것을 빼앗아보십시오. 장담하건대, 그는 당신 얼굴에 대고 저주를 퍼부을 겁니다.'

하느님께서는 사탄의 제안을 받아들이셨습니다. 하느님께서는 당신을 가장 사랑하는 자 욥을 거듭 벌하셨지요. 욥은 지고한 정의라고 믿어온 힘, 그러나 이제는 자기의 가축들을 앗아가고 자식들을 죽이고 온몸을 갖가지 궤양으로 뒤덮는 이해할 수 없는 힘에 속수무책으로 당할 수밖에 없었습니다. 어느 날, 더이상 고통조차 견딜 수 없었던 욥은 하느님께 저주를 퍼부었습니다. 그제야 하느님께서는 그에게서 빼앗은 것을 모두 되돌려주셨지요.

아주 오래 전부터, 우리는 우리 마을이 쇠락해가는 것을 지켜보고 있습니다. 이제 저는 그것이 하늘이 내린 징벌의 결과가 아니라고 생각합니다. 그것은 우리가 살고 있는 장소와 경작하는 밭, 조상들의 꿈으로 지은 집들을 잃는 것을 마치 당연하다는 듯 받아들여온 결과입니다. 우리가 더이상의 것을 요구하지 않은 채 늘 주어진 것만 받아들여온 결과일 뿐입니다. 형제들이여, 이제 우리가 들고일어날 순간이 온 게 아닐까요? 하느님께서 욥에게 내린 것과 똑같은 시련을 우리에게 주고 계신 것은 아닐까요?

하느님께서는 왜 욥을 그렇게 대하셨습니까? 욥의 본성이 원래 악하고, 설사 그가 선한 행동을 했더라도 그가 가졌던 모든 것은 순전히 하느님의 은혜 덕분이었다는 것을 증명하기 위해서입니다. 우린 스스로를 너무나 선하다고 자처하는 오만으로 인해 죄를 지었습니다. 우리가 벌을 받는 이유가 바로 그것입니다.

하느님께서는 사탄의 제안을 받아들이셨습니다. 그리고, 겉보기에 불의로 여겨지는 일을 저지르셨습니다. 잊지 마십시오. 하느님께서는 악마의 제안을 받아들이셨습니다. 그리고 욥은 우리처럼 자신을 선한 인간이라고 믿는 오만으로 죄를 지었기 때문에 그 시련이 주는 교훈을 이해했습니다. 그런데 주님께서는 아무도 선하지 않다고 말씀하셨습니다. 아무도. 그러니 선을 가장해 하느님을 욕되게 하는 일은 그만두고 우리의 잘못을 받아들입시다.

언젠가 우리가 악마의 제안을 받아들여야 한다면, 우리는 하늘에 계신 주님께서 그분의 종 욥의 영혼을 구원하기 위해 그렇게 하셨다는 사실을 떠올립시다."

설교가 끝났다. 신부는 다음 순서를 봉행하기 전에 신도들에게 다들 계속 서 있어달라고 했다. 그는 메시지를 전하는 데 성공했다고 확신했다.

14

"이곳을 떠나요. 각자 제 갈 길로. 난 내 금괴를 가지고, 당신은……"

"내 금괴라……"

이방인이 말을 잘랐다.

"당신은 배낭을 챙겨 사라져버리면 그만이지만, 난 금을 갖지 못하면 베스코스로 되돌아가야만 해요. 그러면 난 쫓겨나거나 마을 주민들의 욕설에 시달리게 될 거예요. 다들 내가 거짓말을 했다고 할 테죠. 당신에겐 권리가 없어요. 날 그 꼴로 만들고 당신만 무사할 순 없어요. 난 내 몫을 다했어요. 보상을 받을 만한 자격이 있다구요."

이방인은 일어서서 나뭇가지 몇 개를 주워 다발을 만든 다음 불을 붙였다.

"이 정도면 늑대도 무서워서 감히 접근하지 못하겠지? 난 호텔로 돌아가겠소. 당신은 당신 좋을 대로 하시오. 원한다면 금괴를 가지고 달아나도 좋소. 이제 나와는 상관없는 일이니까. 난 따로 해야 할 중요한 일이 있소."

"잠깐만요, 날 여기 혼자 두고 가지 말아요!"

"그럼 나와 함께 갑시다."

샹탈은 모닥불과 Y자 형태의 바위, 그리고 횃불을 들고 멀어져 가는 이방인을 번갈아 쳐다보았다.

"같이 가요!"

그녀는 겁에 질린 채 금괴를 파내어 잠시 바라보고는 도로 묻었다. 그리고 나뭇가지 몇 개를 주워 횃불을 만든 다음 이방인이 간 방향으로 달려갔다. 그녀는 자신의 내부에서 증오가 끓어오르는 것을 느꼈다. 같은 날 두 마리의 늑대를 만난 것이다. 하나는 그나마 불을 무서워했지만, 다른 하나는 소중한 것을 모두 잃었기에 그 무엇도 두려워하지 않았고, 자기 앞에 보이는 모든 것을 파괴하기 위해 무작정 앞으로 나아갔다.

샹탈은 숨이 넘어갈 듯 달렸지만 이방인을 따라잡지는 못했다. 맨손으로 늑대와 대결을 벌이기 위해, 횃불이야 꺼지든 말든 내버려두고 더 깊은 숲속으로 들어갔는지도 몰랐다. 그에게는 죽고 싶은 욕망이 죽이고자 하는 욕망만큼이나 강했으니까.

마을에 도착한 그녀는 베르타가 부르는 소리를 못 들은 척하고 걸음을 재촉하다 마침 예배를 끝내고 나오는 마을사람들과 마주치고 말았다. 그녀는 거의 모든 주민이 예배에 참석했다는 사실에 놀라지 않을 수 없었다. 이방인은 범죄를 원했다. 그런데 그것이 마을사람들로 하여금 신부의 수단 자락 아래로 기어들어가 마치 하느님을 속일 수도 있다는 듯 자신의 죄를 털어놓고 참회하게 만든 결과를 낳고 말았다.

모두 그녀를 흘끗거렸지만 말을 건네는 사람은 아무도 없었다. 그녀는 눈 한 번 깜박하지 않고 모든 시선을 받아냈다. 자신이 비난받을 짓을 한 적이 없다는 것을 잘 알고 있었으니까. 그녀는 고해할 필요가 없었다. 그녀는 조금씩 실체가 드러나고 있는, 그리고 점점 더 그녀 맘에 들지 않는 이 변태적인 놀이에 이용당하고 있는 하나의 도구에 불과했다.

그녀는 자기 방 안에 틀어박혀 창 밖을 내다보았다. 주민들은 이미 흩어지고 없었다. 정말 이상한 일이었다. 평소에는 예배가 끝난 후에도 다들 교수대 대신 세워진 십자가 광장에 삼삼오오 모여 이야기를 나누던 그들이었다. 날씨가 많이 풀리고 구름을 뚫고 햇살이 비치는데도 마을이 왜 이렇게 한산한 것일까? 평소대로라면 다들 모여 날씨 얘기, 기온과 계절에 관한 얘기를 나누어야 정상이었다. 하지만 그들은 서둘러 집으로 돌아가버렸다. 샹탈은 그 이유를 도무지 이해할 수 없었다.

그녀는 생각에 잠겨 오래도록 창 밖을 바라보았다. 자기는 이곳 주민들과 다르다고, 그 시골뜨기들의 머릿속에는 한 번도 떠오르지 않은 계획들을 넘치도록 가지고 있다고 생각해왔다. 하지만 결국 자신도 다른 사람들과 다를 바 없다고 생각하기에 이르렀다.

얼마나 수치스러운 일인가! 또 얼마나 다행스러운 일인가! 그녀는 부당한 운명 때문이 아니라 그럴 만했기 때문에, 주민들 속에 섞이는 것을 스스로 받아들였기 때문에 베스코스에 머물러 있었던 것이다.

그녀는 세 차례나 금괴를 파냈다. 하지만 그것을 갖고 달아날 수는 없었다. 그녀는 마음속으로는 범죄를 저질렀지만 실천하지는 못했다. 그녀는 어떤 방식으로든 범죄를 저질러서는 안 된다는 것을 알고 있었다. 그것은 유혹이 아니었다. 함정이었다.

'왜 함정이지?'

그녀는 생각했다. 뭔가가 그녀에게 말하고 있었다. 이방인이 던진 문제의 답이 금괴에 이미 있다고. 하지만 그녀는 아무리 궁리해봐도 그 답이 무엇인지 알 수가 없었다.

미스 프랭의 마음속에 둥지를 튼 지 얼마 안 되는 악마는 조금

전까지만 해도 점점 더 위협적인 빛을 발하던 샹탈의 천사가 이제는 금방이라도 꺼질 듯 흔들리고 있는 것을 보았다. 그의 동료가 자신의 승리를 목격하지 못하는 것이 안타까웠다.

샹탈의 악마는 천사들에게도 전략이 있다는 사실을 모르고 있었다. 그 순간, 미스 프랭의 빛은 적을 안심시키기 위해 자신의 힘을 숨기고 있었다. 샹탈의 천사가 그녀에게 요구한 것은 단 한 가지, 영혼과 대화를 나눌 수 있도록 인간 존재들이 매일 짊어지고 싶어하는 두려움과 가책의 짐을 그만 내려놓고 눈을 좀 붙이라는 것이었다.

샹탈은 잠이 들었다. 그리고 귀기울여야 하는 것에 귀를 기울였고, 들어야만 하는 것을 들었다.

15

"우리 이제 묘지 이전 문제 따위로 에두를 것 없이 분명히 말하자구요."

읍장 부인이 말했다.

제의실에 다시 모인 다른 다섯 명의 유지들도 의견을 같이 했다.

"전 신부님의 설교에서 확신을 얻었습니다. 어떤 행동들은 하느님께서도 정당화해주십니다."

지주가 말했다.

"너무 노골적으로 굴지는 맙시다. 이 창으로 내다보기만 해도 모든 걸 알 수 있어요. 뜨거운 바람이 불기 시작하는 것은 바로 악마가 우릴 유혹하러 왔기 때문입니다."

신부가 쏘아붙였다.

"그건 분명해요."

읍장은 악마를 믿지 않으면서도 신부의 말에 동의하며 말을 이었다.

"우린 이미 모두 마음을 정했어요. 좀더 분명하게 말하는 게 좋겠습니다. 귀중한 시간을 낭비하지 맙시다."

"말 안 해도 뻔하지 않나요. 우리 모두 이방인의 제안을 받아들여 범죄를 저지르자고 작정하고 있는 것 아닌가요."

호텔 여주인이 말했다.

"희생물을 바치는 거죠."

종교의식에 익숙한 신부가 대꾸했다.

찬성을 의미하는 침묵이 길게 이어졌다.

"비겁한 자들만이 침묵으로 두려움을 감추려 드는 법입니다. 하느님께서 우리의 말을 들으시고 우리가 하려는 일이 베스코스의 안녕을 위한 것이라는 걸 아시도록 큰 목소리로 기도합시다. 다들 무릎을 꿇읍시다."

다들 무릎을 꿇기는 했지만 그리 내키지는 않는 기색들이었다. 악이라는 것을 분명히 알면서도 저지르는 죄에 대해 하느님께 용서를 빌어봤자 아무 소용이 없다는 것을 잘 알고 있었기 때문이다. 하지만 그들은 아합이 정해놓은 용서의 날을 떠올렸다. 이제 곧 그날이 오면, 그들은 저항할 수 없는 유혹에 자신들을 빠뜨린 하느님을 비난할 것이다.

신부가 다함께 기도를 올리자고 말했다.

"주님, 주님께서는 선한 사람은 아무도 없다고 말씀하셨습니다. 많은 결점을 가진 저희들을 있는 그대로 받아들여주옵시고, 주님의 끝없는 너그러움과 한없는 사랑으로 저희를 용서해주시옵소서. 예루살렘의 성지를 탈환하기 위해 이슬람 교도들을 살육한 십자군을 용서하신 것처럼, 주님 교회의 순수성을 보존하고자 했던 종교 재판소 판관들을 용서하신 것처럼, 주님을 모욕하고 십자가에 못 박은 자들을 용서하신 것처럼, 저희 마을을 구하기 위해 주님께 희생물을 바치고자 하는 저희를 용서해주시옵소서. 아멘."

"이제 구체적인 사항을 논의해보도록 하죠. 누굴 희생물로 바칠 건지. 그리고 처형은 누가 맡을 건지에 대해서 말이에요."

읍장 부인이 일어서며 말했다.

"우리가 그렇게 돌봐주었건만 배은망덕하게 이곳으로 악마를 끌어들인 그 아가씨로 합시다."

얼마 전에 샹탈과 잠자리를 같이 한 이후로 그녀가 아내에게 그 사실을 털어놓지 않을까 전전긍긍하고 있던 지주가 말했다.

"악은 악으로 물리쳐야 합니다. 그 아가씨는 벌을 받아야 해요."

마을에서 믿을 수 없는 사람은 미스 프랭뿐이라고 주장하며 두 사람이 이 제안에 찬동했다. 그녀가 자신을 이곳 사람들과는 다르다고 생각하고, 언젠가는 이 마을을 떠나겠다고 사방팔방 떠벌리고 다니는 것이 바로 그 증거라는 것이었다.

"그녀의 어머니도 할머니도 모두 죽었어요. 그녀가 갑자기 사라진다 하더라도 아무도 눈치채지 못할 겁니다. 찾을 사람도 없구요."

읍장이 찬동한 사람들의 의견에 무게를 실어주며 말했다.

하지만 그의 부인이 다른 의견을 내놓았다.

"금이 어디에 숨겨져 있는지 그 여자애가 알고 있을지 모른다는 생각도 해봐야 해요. 어쨌거나 두 눈으로 금을 본 유일한 사람이잖아요. 게다가 다들 알고 있듯이, 그 아이는 믿을 수 있어요. 마을에 악을 퍼뜨리고 주민들에게 범죄를 사주한 게 바로 그애잖아요? 일이 잘못되는 경우에, 양심에 거리낄 것 없이 편히 살아가는 우리를 주시하겠어요, 문제가 많은 바 여종업원을 주시하겠어요?"

읍장은 자기 아내가 의견을 내놓을 때마다 늘 그러듯 난처한 표정을 지었다.

"당신은 그 아가씨를 달가워하지도 않으면서 왜 반대하는 거지?"

"난 부인 말씀이 무슨 뜻인지 알겠어요."

신부가 말했다.

"비극을 촉발시킨 사람에게 잘못을 돌리자는 겁니다. 그녀는 여생 동안 그 짐을 지고 살아가게 될 겁니다. 예수 그리스도를 배신하고 결국 자살이라는, 죄를 용서받는 데 아무 도움도 안 되는 절망적이고도 불필요한 몸부림을 하고 만 유다 꼴이 되겠지요."

신부의 추론에 읍장 부인은 깜짝 놀라고 말았다. 그녀가 생각했던 것이 바로 그것이었다. 샹탈은 아름다웠고, 남자들에게 추파를 던졌으며, 다른 사람들처럼 평범하게 사는 것을 받아들이지 않았다. 물론 결점들이야 있지만 모두 정직하고 성실하게 살아가는 마을, 나중에 가서는 늘 평화롭게 사는 것이 얼마나 지겨운 일인지 깨닫게 되겠지만 그럼에도 많은 사람들이 살고 싶어하는 마을을 두고 그녀는 그곳에 처박혀 살아야 하는 자신의 처지에 대해 늘 불평을 늘어놓았다.

"다른 사람은 떠오르질 않네요. 전 날품팔이나 양치기를 생각했어요. 하지만 결혼한 사람들이라 먼 곳에 살고 있긴 해도 자식들이 아버지의 죽음에 대해 수사해달라고 경찰에 요청하면 곤란하죠. 사실 사라져도 아무 탈이 없는 건 미스 프랭뿐이에요."

다른 여종업원을 구하는 일이 쉽지 않다는 것을 잘 알고 있는 호텔 여주인이 마지못해 말했다.

신부는 종교적인 이유로 의견 내놓기를 거부했다. 예수께서는 결백한 자에게 죄를 덮어씌우는 자들을 저주하시지 않았던가. 하지만 그는 누굴 희생양으로 삼아야 할지 알고 있었다. 다만 그 사람이 누구인지 다른 사람들이 알아채도록 교묘하게 유도해야 했다.

"베스코스의 주민들은 사시사철 새벽부터 밤까지 죽어라 일을 합니다. 악마가 불온한 목적에 이용하기로 마음먹은 그 불행한 아가씨까지 포함해서 우리 모두에겐 매일 해야 할 일들이 있지요. 가뜩이나 일손도 부족한데, 아직 일할 수 있는 사람을 희생양으로 삼을 수는 없지 않겠습니까."

"그렇다면 신부님, 희생양으로 삼을 사람이 없습니다. 베스코스에서는 주민들 모두 자기 자리에서 등골이 휘어져라 일하고 있는데요. 유일한 방책은 날이 어둡기 전에 또다른 이방인이 마을에 나타나기를 기다리는 것인데, 그에게 그의 행방을 좇을 가족이나 친지들이 있는지 없는지조차 모르는 상태에서 그를 없애는 건 아주 위험한 일입니다."

"맞는 말씀입니다."

신부가 수긍하며 말을 이었다.

"어제부터 우리가 경험하고 있는 이 모든 것은 어쩌면 한낱 환상에 불과할지도 모릅니다. 여러분들에게는 존경받고 사랑받고, 소중한 사람에게 해를 끼치는 것을 결코 받아들이지 않을 친구와

친지들이 있습니다. 제가 보기엔 그런 진정한 가정을 갖지 못한 사람은 셋밖에 없군요. 베르타 할멈, 미스 프랭…… 그리고 저."

"자진해서 희생양이 되시겠다는 말씀입니까?"

"마을이 잘 되는 것이 우선이지요."

다섯 명의 유지들은 안도의 한숨을 내쉬었다. 상황이 맑은 하늘처럼 환하게 밝아오는 것 같았다. 이제 그들 앞에 놓인 것은 범죄가 아니라 순교였으니까. 제의실에 흐르던 긴장이 갑자기 느슨해졌다. 호텔 여주인은 그 성인의 발에 입맞추고 싶은 충동을 느꼈다.

"그런데 해결해야 할 문제가 하나 남아 있어요."

신부가 말을 이었다.

"하느님의 대리자를 죽이는 것이 용서받을 수 없는 죄악은 아니라고 마을사람들을 설득해주셔야겠습니다."

"신부님께서 직접 하시지요!"

마을 보수작업, 대규모 투자 유치, 더 많은 관광객들을 끌어들이기 위한 홍보 캠페인, 새로운 전화선 설치 등 금을 팔아 마련한 돈으로 할 수 있을 일들을 생각하던 읍장이 정신이 번쩍 들어 소리쳤다.

"제가 할 수 있는 일이 아닙니다. 순교자들은 민중이 원할 때 자신의 목숨을 바칩니다. 생명이 하느님의 선물이라고 말해온 성직자가 죽음을 자초할 수는 없는 노릇이지요. 그것을 설명하고 설득하는 것은 여러분의 몫입니다."

"아무도 안 믿을 겁니다. 다들 우리가 인간 말종이라고, 유다가 그리스도에게 했듯이 돈 때문에 성인을 죽이는 거라고 생각할 겁니다."

그 말에 신부는 어깨를 으쓱했다. 사람들은 환하던 태양이 다시 구름에 가려지는 것 같은 인상을 받았고, 제의실엔 또다시 팽팽한 긴장이 흘렀다.

"그럼, 남은 건 베르타 할멈밖에 없군요."

지주가 내뱉듯이 말했다.

오랜 침묵이 흐른 뒤, 신부가 다시 입을 열었다.

"남편이 세상을 뜬 후로 그녀의 삶은 고통의 나날이었을 겁니다. 이미 오래 전부터 궂은 날씨와 권태에 시달리며 문 앞에 앉아 세월을 보내고 있지 않습니까. 회한만 되씹으며 살아가고 있는 거죠. 제가 보기엔 정신도 온전치 못한 것 같아요. 그 집 앞을 자주 지나다니는데, 매번 혼자서 뭐라고 중얼거리고 있더군요."

또다시, 그 자리에 있는 사람들은 어떤 열기가 제의실을 가로지르는 듯한 느낌을 받았다. 그러나 창문들은 굳게 닫혀 있었다.

"그녀는 슬픔에 젖어 살아가고 있어요. 한시라도 빨리 사랑하는 남편 곁에 갈 수만 있다면 모든 걸 내줄 거라고 확신해요. 그들

부부는 사십 년을 함께 보냈잖아요, 알고들 계시죠?"

다들 알고 있는 사실이지만, 중요한 건 그게 아니었다.

"삶의 종착역에 다다른 노파지요. 이 마을에서 아무 일도 하지 않고 지내는 건 그 할멈밖에 없어요. 한번은 그 할멈한테 한겨울에도 왜 밖에 나와 시간을 보내느냐고 물어본 적이 있었어요. 그녀가 뭐라고 대답했는지 아십니까? 마을을 지키고 있다대요. 악마가 마을로 들어오는 것을 보게 되면, 마을사람들에게 조심하라고 알려주려고 그런다더군요."

지주가 덧붙였다.

"그렇다면 할멈이 자기 일을 잘 한 것 같지는 않군요."

"그 반대죠."

신부가 말했다.

"여러분들 말씀을 제가 잘 이해했다면 말입니다. 악이 마을로 들어오게 놔둔 사람이 그 악을 나가게 해야죠."

침묵이 이어졌다. 하지만 이번 침묵은 전혀 무겁지 않았다. 마침내 희생양이 정해졌다는 것을 다들 알아차린 것이었다.

"이제 세부사항을 정하는 일만 남았군요."

읍장 부인이 말했다.

"우린 마을의 번영을 위한 희생물을 언제까지 바쳐야 하는지 알고 있어요. 이젠 누가 속죄의 희생물이 될지도 알고 있죠. 선량한 한 영혼이 고통의 연속인 이승의 삶을 떠나 하늘로 훨훨 날아올라가 그곳에서 행복을 찾을 거예요. 이제 어떻게 실행에 옮길지 정하는 문제가 남았어요."

"마을사람들을 다 모아놓고 이야기해봅시다."

신부가 읍장을 바라보며 말했다.

"오늘 밤 아홉시에 마을사람들을 모두 광장으로 소집하세요. 어떻게 해야 할지 알 것 같습니다. 아홉시 전에 저한테 들르세요. 그때 설명해드리겠습니다."

신부는 그 자리에 있는 두 부인에게 베르타를 찾아가서 광장에서 주민회의가 진행되는 동안 좀 붙잡아두라고 당부했다. 베르타가 밤에는 절대 외출하지 않는다는 것을 다들 잘 알고 있었지만, 사안이 사안이니만큼 만전을 기해야 했다.

16

샹탈은 평상시와 다름없이 정해진 시각에 일을 하러 갔다. 바에 손님이 하나도 없는 것을 보고 놀라는 기색을 보이자, 호텔 여주인이 설명해주었다.

"오늘 밤 광장에서 모임을 열어. 남자들끼리만."

샹탈은 무슨 일이 벌어지고 있는지 즉각 알아차렸다.

"그런데 너 정말 그 금괴를 봤니?"

"예, 봤어요. 이방인에게 그걸 마을로 갖고오라고 말해두시는 게 좋을 거예요. 원하는 걸 얻으면 그냥 사라져버릴 수도 있으니까요."

"미치지 않은 다음에야 설마……"

"그 사람, 미쳤어요."

갑자기 불안해진 여주인이 급히 이방인의 방으로 올라갔다. 그녀는 몇 분이 지난 후 다시 내려왔다.

"그렇게 하겠댄다. 금을 숲에 감춰뒀으니, 내일 아침 가지러 갈 거라고 했어."

"오늘 밤엔 일을 안 해도 될 것 같네요."

"아니, 해야 돼. 계약은 지켜야지."

여주인은 샹탈의 마음을 떠보기 위해 제의실에서 있었던 토론 얘길 하고 싶었지만, 어떻게 말을 꺼내야 할지 알 수가 없었다.

"난 이번 일로 충격을 많이 받았어. 경우가 경우니만큼 사람들이 두세 차례 모여 어떻게 해야 할지 토론을 벌일 필요는 있다고 생각해."

"스무 번, 아니, 백 번 토론해봤자 소용없어요. 그 사람들에겐 생각을 실행에 옮길 용기가 없으니까요."

"그럴지도 모르지. 하지만 그들이 행동에 나서기로 결정한다면 넌 어쩔 작정이니?

샹탈은 베스코스에 오래 전부터 살아온 자신보다 이방인이 마을사람들을 더 잘 꿰뚫고 있다는 걸 깨달았다. 광장에서 모임을 열다니! 교수대가 사라진 것이 아쉬웠다.

"넌 어떻게 할 거냐니까?"

여주인이 재차 물었다.

"어떻게 할지 정확하게 알고 있더라도 그 질문에는 대답하지 않을래요. 단지 악은 결코 선을 낳지 않는다고만 말해두고 싶어요. 오늘 오후에 전 그걸 직접 경험했거든요."

호텔 여주인은 자신의 권위를 면전에서 무시하는 샹탈이 괘씸했지만 일단은 대화를 접는 편이 낫겠다고 판단했다. 격앙된 분위기를 조성해봤자, 장차 달갑지 않은 문제만 일으킬 위험이 있었다.

"네 일이니, 요령껏 알아서 하렴. 할 일이란 늘 있는 법이니까."

호텔 여주인은 이렇게 말하고는 샹탈을 바에 홀로 남겨둔 채 자리를 떴다.

여주인은 한결 마음이 놓였다. 미스 프랭은 광장에서 모임이 열린다는 소식을 듣고도 전혀 반발하는 기색을 보이지 않았다. 샹탈도 돈이 무척이나 필요할 것이고, 분명 다른 삶을 살고 싶을 터였다. 꿈을 실현하기 위해 다른 곳으로 떠난 어린 시절의 친구들처럼 그녀도 떠나고 싶을 것이다.

이번 일에 협조할 마음은 없어도, 적어도 방해할 마음은 없는 것처럼 보였다.

17

 저녁을 간단하게 때운 신부는, 성당의 신도석에 홀로 앉아 몇 분 후에 오기로 되어 있는 읍장을 기다리고 있었다.
 그는 성당 중앙홀의 석회가 드러난 맨벽과 먼 옛날 이 지역에 살았던 성인들의 조각상으로 조촐하게 장식된 제단을 이리저리 훑어보았다. 그는 성 사뱅이 베스코스의 부활에 지대한 역할을 했음에도 불구하고 마을사람들의 신심이 그리 깊지 못한 것을 다시 한번 한탄했다. 사람들은 성 사뱅은 까맣게 잊은 채 아합과 켈트족 조상들에 관한 이야기만 입에 올렸다. 예수를 인류의 유일한 구원자로 받아들이는 아주 간단한 행동만으로도 구원을 얻을 수 있다는 사실은 이해하지 못한 채 케케묵은 미신들만 줄기차게 믿는 것이다.

몇 시간 전, 그는 희생양이 되겠다고 나섰다. 위험한 도박이었다. 사람들이 그렇게 경박스럽지 않았다면, 만만하게 다룰 수 있는 사람들이 아니었다면 그는 정말 순교를 받아들일 작정이었다.

'아니, 그렇진 않아. 경박스럽긴 해도 결코 만만한 사람들은 아니지.'

그들은 침묵과 교묘한 말장난으로 자신들이 듣고 싶어했던 말을 신부 자신이 하게 하지 않았는가. 속죄의 제물, 구원의 희생양, 쇠락에서 벗어나 영광을 되찾는 베스코스에 대해. 그는 사람들의 술수에 넘어가는 척했지만 실제로 자신이 믿고 있는 것만을 말했다.

그는 자신의 진정한 소명이었던 고위 성직에 나아가기 위해 아주 일찍부터 교육을 받았다. 스물한 살의 나이에 사제 서품을 받은 그는 얼마 지나지 않아 교구를 관리하고 설교하는 데 탁월한 재능을 보여 신도들에게 깊은 인상을 심어주었다. 그는 성서가 명하는 대로 매일 밤 기도를 올리고 병자들을 돌보았으며, 감옥들을 방문하고, 굶주린 사람들에게 먹을 것을 나눠주었다. 차츰 그의 명성이 온 지역에 퍼져 마침내 지혜롭고 공정하기로 소문난 주교의 귀에까지 들어갔다.

주교는 젊은 사제들과의 저녁식사에 그를 초대했다. 식사가 끝나갈 무렵, 주교가 힘들게 노구를 일으켜 사제들의 잔에 물을 따라주려고 했다. 다들 사양했지만 그는 주교에게 자신의 잔을 가득 채워달라고 청했다.

그러자 한 사제가 주교의 귀에 들리도록 중얼거렸다.

"성스러운 분께서 손수 따라주시는 물을 마실 자격이 없다는 걸 잘 알기에 다들 사양하건만, 유독 한 사람만 주교님께서 무거운 물병을 들고 힘들게 거동하시게 하고 있군."

자리로 돌아온 주교가 입을 열었다.

"자네들은 스스로를 성인으로 여기는구먼. 자네들은 받는 겸손함을 가지지 못했고, 나는 주는 즐거움을 누리지 못했네. 하지만 저 사제는 내가 따라주는 물을 기꺼이 받음으로써 선이 현현(顯現)할 수 있도록 했네."

주교는 바로 그 자리에서 아주 중요한 교구를 그에게 맡겼다.

그후로 친구가 된 두 사람은 기회가 있을 때마다 서로를 찾았다. 신부는 마음속에 의심이 피어오를 때마다 정신적 아버지로 여기게 된 주교에게 도움을 청했고, 주교의 답변을 기준으로 자신의 입장을 정했다. 자신의 행실이 하느님 마음에는 어떨지 몰라 불안에 시달리던 어느 날, 신부는 주교를 찾아갔다.

"아브라함이 이방인들을 받아들였을 때 주님께서는 흡족해하셨네. 엘리야가 이방인들을 좋아하지 않았을 때도 주님께서는 흡족해하셨네. 다윗이 자신이 한 일을 뽐냈을 때도, 다윗이 제단 앞에서 자신이 한 일을 부끄러워했을 때도 주님께서는 흡족해하셨네. 세례자 요한이 사막으로 갔을 때도 주님께서는 흡족해하셨고, 바울이 로마제국의 대도시로 갔을 때도 흡족해하셨네. 전능하신 주님을 기쁘게 할 수 있는 것이 무엇인지 내가 어떻게 알 수 있겠나? 자네 마음이 명하는 대로 행동하게. 주님께서도 흡족해하실 걸세."

이 만남이 있고 나서 이틀 후에, 주교는 갑자기 심장마비로 죽고 말았다. 신부는 그 죽음을 하나의 징후로 여겼고, 그때부터 마음 가는 대로 따르라는 주교의 권고를 엄격하게 지켰다. 때로는 적선을 하기도 했고, 때로는 거지를 일터로 보내기도 했다. 아주 금욕적인 내용을 설교하기도 했고, 신도들과 어울려 합창을 하기도 했다. 그런 그의 행동이 새 주교의 주의를 끌어, 그는 주교 앞에 불려갔다.

놀랍게도 새 주교는 심장마비로 사망한 주교와의 저녁식사 때 은근히 그의 행동을 비난했던 바로 그 신부였다.

"당신이 지금 중요한 교구를 이끌고 있다고 알고 있소. 요 몇 년 동안 내 전임자와 아주 가깝게 지냈다는 것도. 당신도 주교의 자리에 오르기를 바라시오?"

새 주교가 빈정거리는 눈빛으로 말했다.

"아닙니다. 제가 오래 전부터 얻고자 했던 것은 지혜입니다."

"그럼 이젠 아주 풍부한 지혜를 얻었겠군. 그런데 당신에 관한 아주 이상한 소문들이 들려오던데…… 때로는 자선을 베풀기도 하고, 또 때로는 우리 교회가 명하고 있는 적선을 거부하기도 한다고 들었소."

"제 바지에는 주머니가 두 개 달려 있습니다. 그 두 주머니에는 좌우명을 적어놓은 쪽지가 한 장씩 들어있는데, 돈은 오로지 왼쪽 주머니에만 넣어둡니다."

신부의 말에 호기심이 인 새 주교가 쪽지에 적힌 좌우명이 어떤 것들이냐고 물었다.

"오른쪽 주머니에 든 쪽지에는 '난 재와 먼지일 뿐 아무것도 아니다'라고 적혀 있고, 왼쪽 주머니의 쪽지에는 '난 주님의 현신이다'라고 적혀 있습니다. 불행과 불의를 보게 되면, 전 왼쪽 주머니에 든 쪽지를 꺼내 읽은 후 있는 힘껏 이웃을 돕습니다. 하지만 게으름과 나태함을 보게 되면, 오른쪽 주머니에 든 쪽지를 꺼내 보고는 나한테 줄 것이 아무것도 없다는 사실을 깨닫게 되죠. 전 이렇게 물질적 세계와 정신적 세계가 균형을 이루도록 애쓰고 있습니다."

새 주교는 자선의 아름다운 예를 보여준 것에 대해 신부에게 사의를 표한 뒤, 교구를 재정비하기로 마음먹었으니 자기 교구로

와서 함께 일하는 것이 어떻겠냐고 물었다. 얼마 후, 신부는 베스코스로 좌천되었다. 그는 새 주교가 자신을 시샘하고 있다는 것을 알아차렸다. 하지만 그는 어떤 일이 있어도 하느님을 섬기겠다고 했던 맹세를 떠올리며 겸허함과 정열을 가득 품고 베스코스로 향했다. 그것은 그가 극복해야 할 또하나의 도전이었다.

여러 해가 지났다. 5년 동안 숱한 노력을 기울였는데도, 그는 아직 길 잃은 양들을 교회로 끌어들이지 못했다. 그곳은 아합이라는 과거의 유령이 지배하는 마을이었다. 어떤 설교도 마을을 떠돌아다니는 전설들을 잊게 만들 수는 없었다.

10년이라는 세월이 흘러서야 그는 자신의 실수를 깨달았다. 지혜를 추구하던 자리에 오만함이 자리잡고 있었고, 하느님의 정의로움을 지나치게 확신한 나머지 적절한 처세술을 발휘하지 못했던 것이다. 하느님이 세상 어디에나 있다고 믿어온 그가 이제 하느님을 자기 안에 받아들이지 않는 사람들 사이에 와 있었던 것이다.

15년이 흘렀을 때, 그는 자신이 베스코스를 벗어나지 못하리라는 것을 깨달았다. 주교는 그 세월 동안 바티칸에도 막강한 영향력을 행사하는 추기경이 되어 있었고, 보잘것없는 시골 사제가 자기의 시샘과 질투 때문에 좌천당했다고 떠벌리고 다닐 가능성을 용인할 리 없었다.

이즈음, 그는 완전히 의기소침해 있었다. 그토록 오랜 무관심의 세월을 이겨낼 수 있는 사람은 아무도 없을 것이다. 그는 자신이 적절한 시점에 고위 성직의 꿈을 포기했더라면, 훨씬 쓸모 있는 하느님의 종이 될 수도 있었으리라고 생각했다. 하지만 상황이 변할 거라고 믿으며 한없이 결정을 미루어왔던 것이다. 이제는 너무 늦어버렸다. 그는 이제 바깥 세상과의 모든 접촉을 잃고 말았다.

20년이 지난 어느 날 밤, 잠에서 깨어난 그는 깊이 절망했다. 그의 삶은 완전히 무용한 것이었다. 자신이 가진 능력에 비해 실현해놓은 것이 너무나도 보잘것없다는 것을 그는 잘 알고 있었다. 그는 습관처럼 주머니에 넣고 다니던 두 장의 쪽지를 떠올렸고, 자신이 버릇처럼 오른쪽 주머니에만 손을 넣었다는 사실을 깨달았다. 그는 지혜를 얻고자 했지만 전혀 정치적이지 않았고, 공정하고자 했지만 전혀 지혜롭지 못했고, 정치적이고자 애썼지만 늘 소심하게 행동했다.

'주님, 주님의 관대함은 어디에 있습니까? 왜 욥을 대하듯이 절 대하셨습니까? 제 삶에 또 한번의 기회는 없는 것입니까? 저에게 또 한번의 기회를 주십시오!'

그는 자리에서 일어나, 답을 구할 때면 늘 하던 대로 성서의 아무 페이지나 펼쳐들었다. 최후의 만찬 때, 예수가 유다에게 자신을 병사들에게 넘기라고 말하는 구절이 눈에 들어왔다.

신부는 그 구절을 몇 시간 동안 곰곰이 생각했다. 예수는 왜 유다에게 자신을 밀고하라고 했을까?

'성서 그대로 실현되도록 하기 위해', 교회의 신학자들은 이렇게 말할 터였다. 어쨌거나 예수는 왜 한 인간을 부추겨 영벌에 처해질 죄를 짓게 만들었을까? 예수가 그런 짓을 할 리 없었다. 사실대로 말하자면, 유다 역시 신부 자신과 같은 희생자에 불과했다. 악은 존재를 드러내, 결국에 가서는 선이 승리를 거두도록 자신이 맡은 역할을 해야만 했다. 배신이 없었다면 십자가도 없었을 것이고, 성서도 실현되지 않았을 것이며, 예수의 희생은 본보기가 되지 못했을 것이다.

그 불면의 밤이 지난 이튿날, 마을에 이방인이 나타났다. 신부는 그를 전혀 주목하지 않았다. 그가 마을에 머문 최초의 이방인도 아닌데, 의미 있게 생각할 게 없었다. 이방인의 방문을 자신이 전날 밤 예수에게 했던 청원이나 성서 구절과 관련지어보려는 생각은 조금도 하지 않았다. 호텔 바에 들렀다가 이방인이 레오나르도 다 빈치의 〈최후의 만찬〉을 위해 포즈를 취한 모델 이야기를 하는 걸 들었을 때도, 신약에서 그 이야기와 같은 내용을 읽은 기억을 떠올렸을 뿐 우연의 일치라고 생각했다.

미스 프랭이 이방인의 제안을 전했을 때야, 비로소 그는 자신의 기도가 하늘에 가 닿았다는 것을 깨달았다. 선이 이 마을 사람들의 가슴에 가 닿기 위해서는 악이 그 모습을 드러내야만 했던 것이다. 신부는 이 마을에 부임한 이후 처음으로 자신의 성당이 사람들로 가득 메워지는 것을 보았다. 마을 유지들이 제의실에서 모임을 연 것도 처음이었다.

'악이 모습을 드러내야 사람들이 선의 가치를 이해할 수 있어.'

중죄를 저지르자마자 후회한 복음서의 배신자처럼 마을사람들도 곧 회개할 것이고, 성당이 그들의 유일한 안식처가 될 터였다. 오랜 세월 신앙의 불모지였던 베스코스는 이제 신도들의 공동체가 될 것이다.

'내가 악의 도구 역할을 해야 해. 그것이 내가 하느님의 종으로서 할 수 있는 가장 의미 있는 일이야.'

신부는 이렇게 자신의 명상을 끝맺었다.

읍장이 정해진 시각에 도착했다.

"신부님, 저 사람들에게 뭐라고 제안하지요? 어떻게 해야 하는지 가르쳐주십시오."

"내 뜻대로 모임을 이끌도록 해주시오."

읍장은 잠시 대답을 망설였다. 베스코스에서 공식적으로 최고의 권위를 가진 사람은 자신이 아니던가? 그런데 그렇게 중요한 문제를 신부 같은 외지인이 공개적으로 다루도록 맡겨도 되는 걸까? 신부가 이 마을에 온 지 20년이 되었다고는 해도, 이곳에서 태어난 사람도 아니고 마을의 역사를 다 알고 있지도 못한데다, 몸 속에 아합의 피가 흐르고 있지 않았다.

"사안이 사안이니만큼 제가 직접 나서서 주민들과 토론하는 게 낫지 않을까요?"

"좋으실 대로 하시죠. 그게 좋겠군요. 사태가 좋지 않은 방향으로 흐를 수도 있으니까요. 그런 일에 교회가 연루되는 것은 바람직하지 않지요. 그럼 제가 생각했던 것을 말씀드릴 테니, 읍장님께서 직접 주민들에게 알려주십시오."

"아닙니다. 신부님께서 생각하신 계획이니 신부님이 직접 주민들에게 발표하시는 게 더 공정할 것 같습니다."

'또 두려움이야.'

신부는 생각했다.

'인간을 지배하려면 두려워하게 만들어야 해.'

18

 읍장 부인과 호텔 여주인은 아홉시가 조금 못 되어 베르타의 집에 도착했다. 베르타는 집 안에 앉아 뜨개질을 하고 있었다.

 "오늘 밤은 마을이 여느 때와는 달라. 평소에는 늘 비어 있던 거리에서 사람들 발걸음 소리가 끊임없이 들려와."

 노파가 말했다.

 "광장으로 가는 남자들 소리예요. 광장에서 이방인 문제를 놓고 토론을 한대요."

 호텔 여주인이 대답했다.

 "그랬군. 내 생각엔 토론이고 자시고 할 것도 없어 보이는데. 제안을 받아들이든지, 아니면 이틀 후에 마을을 떠나게 내버려두면 되잖아."

"우린 그 제안을 받아들일 생각이 조금도 없어요."

읍장 부인이 목청 높여 말했다.

"그래? 듣자하니 오늘 신부가 멋진 설교를 했다고 하던데. 한 인간의 희생이 전 인류를 구했다고, 하느님께서 사탄의 제안을 받아들여 당신의 가장 충실한 종에게 벌을 내렸다고. 베스코스의 주민들이 이방인의 제안을…… 그러니까…… 하나의 사업으로 검토해보기로 결정했다고 해서 안 될 일이 뭐가 있겠어?"

"농담이라도 그런 말씀 마세요."

"농담하는 거 아냐. 자네들은 지금 날 속이려 하고 있어."

두 여자는 당장 일어나 자리를 뜨고 싶었다. 하지만 그럴 수는 없었다.

"그나저나 두 분께서 어쩐 일로 이 누추한 곳까지 행차하셨나? 처음 있는 일이잖아."

"이틀 전에 미스 프랭이 저주받은 늑대가 울부짖는 소리를 들었다고 하더군요."

"저주받은 늑대는 대장장이가 내세운 허튼 핑계에 불과하다는 걸 다들 알고 있잖아요. 모르긴 해도, 숲속에서 마주친 이웃 마을 여자를 어떻게 해보려다가 누군가에게 혼쭐이 나고는 저주받은 늑대 얘길 지어냈을 거예요. 그래도 혹시나 할머니한테 무슨 문제가 없나 싶어서 들러봤어요."

호텔 여주인이 말했다.

"여긴 아무 문제도 없어. 봐, 난 침대보 위에 앉아 뜨개질을 하고 있었어. 죽기 전에 이걸 끝낼 수 있을지는 장담할 수 없지만 말야. 내일도 못 넘기고 죽을지 누가 알아? 있을 수 있는 일이지."

갑자기 자리가 불편해진 두 방문객은 짧은 눈짓을 교환했다.

"자네들도 알다시피, 노인들은 갑자기 죽기도 하잖아. 어쩔 수 없는 일이야."

베르타가 말을 이었다.

두 여인은 안도의 한숨을 내쉬었다.

"아직 정정하시니까 그런 생각일랑 마세요."

"그럴지도 모르지. 오늘의 근심은 오늘로 족하고, 내일은 또다른 날이지. 어쨌거나 내가 늘 죽음을 생각하며 지낸다는 건 알아두게."

"그럴 만한 특별한 이유라도 있으세요?"

"아니. 나이가 들다보니 그게 습관이 되어버렸어."

호텔 여주인은 화제를 돌리고 싶었다. 하지만 노파의 의심을 사지 않으려면 신중하게 행동해야 했다. 광장에서는 분명 모임이 시작되었을 것이고, 그리 오래 걸리지 않을 수도 있었다. 그녀는 서둘러 말했다.

"사람들은 결국에는 죽음을 피할 수 없다는 걸 이해하게 되죠.

그러니 평정과 지혜, 체념하는 마음으로 죽음을 맞는 법을 배울 필요가 있어요. 많은 경우, 죽음은 불필요한 고통을 덜어주기도 하니까요."

"자네 말이 맞아. 내가 오후 내내 곱씹었던 게 바로 그거였어. 내가 어떤 결론을 내렸는지 알아? 난 무서웠어. 죽는 게 너무나 무서웠어. 난 아직 죽을 때가 안 된 것 같아."

긴장이 고조되는 것을 느낀 읍장 부인은 제의실에서 있었던 토론, 다른 것을 염두에 두고 있었으면서도 모두 묘지터에 대해 의견을 표시하는 척했던 대화를 떠올렸다. 그녀는 광장에서의 토론이 어떻게 진행되고 있는지 궁금했다. 신부의 계획은 무엇이고, 베스코스 남자들의 반응은 어떨지 무척이나 궁금했다. 베르타에게 좀더 솔직하게 털어놓는다 해도 그게 무슨 소용이겠는가? 죽음에 직면하게 되면 누구나 필사적으로 반항할 것이 뻔했다. 어려움은 바로 거기에 있었다. 그들이 이 할멈을 희생시키기로 결정한다면, 나중에 경찰 수사를 받더라도 꼬투리를 잡히는 일이 없도록 해야 한다. 흔적을 남길 수도 있는 폭력적인 수단을 사용하지 않고 할멈을 살해할 방법, 그걸 찾아야 했다.

흔적도 없이 사라지는 것. 이 할멈은 그래야만 한다. 그녀의 시신을 묘지에 묻거나 숲속에 버리는 것은 일고의 가치도 없다. 이 방인이 자기가 제안한 범죄의 증거를 확인하는 즉시, 그녀를 화장해 산에 뿌려야 하리라.

"무슨 생각을 그렇게 골똘히 하나?"

베르타가 물었다.

"장작불을 생각했어요. 우리의 몸과 마음을 덥힐 거대한 장작불이요."

읍장 부인이 대답했다.

"지금이 중세가 아니어서 참 다행이야. 날 마녀라고 생각하는 사람들이 있다는 것 자네들도 알고 있지?"

뻔한 거짓말을 해서는 안 된다. 자칫 할멈의 의심을 살 위험이 있었다. 그들은 고개를 끄덕여 시인했다.

"지금이 중세라면 재판도 거치지 않고 날 화형시킬 수도 있었을 거야. 누군가가 죄를 덮어씌우는 것만으로도 충분하겠지."

'이거 일이 어떻게 돌아가고 있는 거야?'

호텔 여주인은 속으로 중얼거렸다.

'우리 중의 누군가가 배신한 건가? 읍장 마누라가 몰래 찾아와 베르타에게 말해준 거야? 아니면, 신부가 마음을 바꿔먹고 베르타에게 모든 걸 털어놓은 건가?'

"어쨌거나 이렇게 찾아와줘서 고맙수. 난 콜레스테롤을 낮출 요량으로 그 빌어먹을 식이요법까지 해가며 몸 건강히 잘 지내고 있으니 안심들 하시게나. 난 아주 오래오래 살고 싶어."

베르타는 자리에서 일어나 문을 열고는, 두 방문객에게 잘 가라는 인사를 했다.

"이렇게 찾아와줘서 정말 기분이 좋아. 뜨개질은 그만 하고 잠자리에 들어야겠어. 참, 그 저주받은 늑대 말인데, 난 그놈이 정말 있다고 믿어. 그걸 자네들에게 말해두고 싶네. 그러니 잘들 살펴 가시게나! 다음에 또 봄세!"

그리고 그녀는 문을 닫았다.

"알고 있는 게 분명해요. 누군가가 할멈에게 말해준 거예요. 목소리에 빈정거리는 투가 역력했던 것 알아차리셨어요? 우리가 자기를 감시하러 왔다는 걸 알고 있는 게 확실해요."

호텔 여주인이 속삭였다.

"그럴 리 없어요. 미치지 않고서야 그녀에게 그걸 털어놓을 사람이 누가 있겠어요? 다만……"

몹시 당황한 목소리로 읍장 부인이 말했다.

"다만?"

"그녀가 진짜 마녀라면 또 모르죠. 제의실에 퍼지던 열기, 기억나요?"

"창문은 모두 닫혀 있었어요."

불안의 전율이 두 여인을 휩쌌다. 수세기 동안 묻혀 있던 미신이 수면 위로 모습을 드러냈다. 베르타가 진짜 마녀라면, 그녀의 죽음은 마을을 구하기는커녕 완전한 파멸의 전주곡이 될 터였다.
적어도 전설에 따르면 그랬다.

베르타는 불을 끄고, 덧창 틈으로 거리로 나선 두 여자를 관찰했다. 웃어야 할지, 울어야 할지, 아니면 자신의 운명을 순순히 받아들여야 할지 알 수가 없었다. 자신에게 죽음의 낙인이 찍혀 있다는 것을 확신할 수 있었다.

오후 늦게 그녀의 남편이 왔었다. 놀랍게도 남편은 미스 프랭의 할머니를 대동하고 있었다. 베르타는 질투심이 이는 것을 억누를 수 없었다.

'저 늙은이가 저 할망구랑 도대체 뭘 하는 거야?'

하지만 그들의 눈길에 가득 서린 근심의 빛을 읽은 베르타는 사뭇 긴장했다. 그들은 제의실에서 들은 이야기를 낱낱이 전해주고는, 베르타에게 어서 도망치라고 일러주었다. 베르타는 깊은 절망에 빠졌다.

"지금 농담하는 거죠? 도망을 치라고? 어떻게? 이 시원찮은 다리로는 교회까지 가는 것도 힘든데, 마땅히 은신할 곳도 없는 나더러 무작정 뛰어 달아나라고? 제발 부탁이에요, 저 위 하늘에서 어떻게 이 상황을 좀 바로잡아봐요. 날 보호해줘요! 자나깨나 성인들에게 기도하면서 평생을 보냈는데……"

그들은 설명했다. 그녀가 생각하는 것보다 상황이 훨씬 더 복잡하다고. 선과 악이 끊임없이 대결을 벌이고 있어서 아무도 개입할 수가 없다고. 천사와 악마들이 다시 이 지역 전체를 구원하거나 저주에 빠뜨릴 그런 전투를 벌이고 있다고.

"난 그런 것에는 관심 없어요. 내겐 나 자신을 방어할 게 아무것도 없어요. 그 전투는 나와는 아무런 상관도 없잖아요. 그 전투에 날 참여시켜달라고 한 적도 없고."

그런 요구를 한 사람은 아무도 없었다. 모든 것이 2년 전 한 수호천사의 잘못된 판단에서 비롯되었다. 세 여자가 납치당했다. 두 여자는 죽음을 피할 수 없는 운명이었지만, 그중 가장 나이 어린 여자아이는 무사히 그 위기를 벗어날 운명이었다. 살아남은 아이는 아버지의 유일한 위안이 되어, 그에게 다시 삶에 대한 믿음을 주고, 그가 겪은 엄청난 시련을 극복하도록 도와줄 터였다. 여자아이의 아버지는 본성이 선한 사람이었다. 비극적인 순간들을 겪기는 했지만 ― 하느님의 의도를 헤아리는 건 불가능하기에 그가 왜 그런 시련을 겪어야 했는지는 아무도 알 수 없지만 ― 그는 결국 그 시련을 이겨내게 되어 있었다. 아이는 비극의 상흔을 지닌 채 성장해서, 훗날 자신의 고통을 거울 삼아 타인의 고통을 덜어주고, 전 세계에 영향을 끼칠 위업을 완수할 운명이었다.

애당초 계획은 그랬다. 처음에는 모든 것이 예정대로 진행되었다. 경찰 특공대가 사격을 가하며 납치범들의 은신처를 급습해, 그날 죽기로 예정되어 있던 사람들을 살해했다. 그 순간, 아이의 수호천사는 아이에게 벽에 붙어서라는 신호를 보냈다. 세 살배기 아이들은 자신의 수호천사를 볼 수 있고 대화를 나누기도 한다는 건 베르타도 알고 있었다. 그런데 천사가 무슨 말을 하는지 알아듣지 못한 아이가 잘 들으려고 걸음을 내딛고 말았다.

아이가 내딛은 두 발짝이 운명을 바꾸어놓고 말았다. 아이는 자신에게 예정되어 있지 않았던 총탄에 맞아 죽고 말았다. 그 순간부터 운명이 틀어지기 시작했다. 이미 기록된 대로 아름다운 구원의 이야기로 승화될 예정이었던 사건이 끊임없는 싸움으로 변해버렸다.

호시탐탐 기회를 노리던 악마가, 증오와 무력감과 복수욕으로 가득한 사내의 영혼을 접수하기 위해 끼어들었다. 천사들도 온힘을 다해 맞섰다. 그는 선한 사람이었고, 그리 존경받을 만한 직업을 갖고 있는 건 아니었지만, 딸이 세상의 많은 것들을 바꾸는 데 일조하도록 선택된 사람이었다.

하지만 사내는 천사들의 부름에 응답하지 않았다. 그의 영혼을 조금씩 점령한 악마는 그를 거의 마음대로 부릴 수 있게 되었다.

"거의 마음대로? 당신은 지금 거의라고 했어요……"

베르타가 말했다.

그렇다면 천사들 중 하나가 싸움을 절대 포기하지 않겠다고 한 만큼 희망의 불씨는 아직 남아 있었다. 하지만 전날 밤 샹탈 덕분에 희미한 메아리를 들을 수 있었을 뿐, 그 천사의 목소리에 귀기울이는 사람은 아무도 없었다.

샹탈의 할머니는 자신이 함께 온 이유가 바로 그 때문이라고 설명했다. 상황을 바꿀 수 있는 누군가가 있다면, 그것은 바로 그녀의 손녀였다. 하지만 전투가 그 어느 때보다 격렬해졌고, 이방인의 천사가 또다시 악마의 기세에 눌려 힘을 못 쓰고 있는 형편이었다.

베르타는 신경이 곤두서 있는 두 유령을 진정시키려고 애썼다.

"허, 이것 참. 죽은 사람들이 힘없는 나한테 일을 떠맡기다니! 샹탈이 모든 걸 바꿔놓도록 당신들이 좀 도와줄 순 없나요?"

그런데 샹탈의 악마도 싸움에 가세중이라고 그들은 대답했다.

샹탈이 숲에 있을 때, 그녀의 할머니는 저주받은 늑대를 보내 그녀를 찾았다. 그랬다, 저주받은 늑대는 실제로 존재했다. 대장장이의 말은 사실이었다. 샹탈은 이방인의 선의를 일깨우려고 애썼고, 성공을 거두었다. 하지만 둘 다 개성이 강한 인물이라 그들의 대화는 일정 한계를 넘어설 수가 없었다.

이제 남은 희망은 샹탈이 봤으면 하고 그들이 바라는 것을 샹탈이 보는 것, 그것밖에 없었다. 아니, 그녀가 그것을 이미 봤다는 것을 그들은 알고 있었다. 그녀가 그것을 이해하느냐 못 하느냐에 모든 것이 달려 있었다.

"뭘요?"

베르타가 물었다. 하지만 그들은 설명해줄 수가 없었다. 살아 있는 사람과의 접촉에는 한계가 있었다. 또한 악마들이 엿듣고 있었기 때문에 함부로 누설했다가는 모든 것을 망칠 위험이 있었다. 그들은 다만 그것이 아주 간단한 것이라고, 샹탈이 그녀의 할머니가 보증하는 것처럼 영리하다면 충분히 상황을 통제할 수 있을 거라고 말했다.

베르타는 이 대답으로 만족해야 했다. 비밀 얘기 듣는 걸 좋아하긴 했지만, 목숨을 걸어놓고 비밀을 들려달라고 조를 생각은 없었다. 하지만 한 가지 이해할 수 없는 것이 있었다. 그녀는 남편을 돌아보며 물었다.

"당신은 마을로 악이 들어올 수도 있으니 여기 이 의자에 앉아 마을을 잘 감시하라고 말했죠. 천사가 실수를 저지르기 훨씬 이전, 어린 여자애가 살해당하기 훨씬 이전에 저한테 그 부탁을 했어요. 왜죠?"

악마가 끊임없이 지상을 돌아다니며 인간들을 괴롭히는 것으로 보아, 언제든 악이 베스코스를 거쳐갈 거라고 생각했기 때문이라고 남편은 대답했다.

"그래도 수긍이 안 되네요."

수긍이 안 되기는 그녀의 남편도 마찬가지였지만, 그게 진실이었다. 인간의 마음속에서는 선과 악의 대결이 단 한 순간도 멈추지 않고 끊임없이 벌어지고 있는지도 몰랐다. 인간의 마음이란 모든 천사와 악마들이 수천 수만 년 동안 처절한 전투를 벌인 전장(戰場)인지도 몰랐다. 두 힘 중 하나가 완전한 승리를 거둘 때까지, 그 전투는 끝나지 않을지도 몰랐다. 이미 영계(靈界)에 들어선 그였지만, 그곳에는 그가 아직 모르는 것들이 많았다. 지상에서보다도 훨씬 더 많이.

"좋아요, 이젠 좀 수긍이 되네요. 걱정들 마세요. 내가 죽어야 한다면, 죽을 때가 되었기 때문일 테죠."

남편과 샹탈의 할머니는, 샹탈이 자기가 본 것을 이해할 수 있도록 도와야 한다는 핑계를 대고 자리를 떴다. 샹탈의 할머니는 젊었을 때 베스코스에서 가장 인기 있는 처녀들 중 하나였다. 베르타는 그 할멈에 대해 질투가 일었지만 어쩔 수 없었다. 하지만 그녀는 잘 알고 있었다. 남편이 자신을 돌봐주리라는 것을, 그녀가 오래오래 살기를 간절히 바라고 있다는 것을.

그녀는 신경을 곤두세워 바깥에서 무슨 일이 벌어지고 있는지 살피면서, 자신에게 시간이 주어진다면 집 앞에 의자를 내놓고 산을 바라보거나, 남자와 여자, 나무와 바람, 천사와 악마의 영원한 싸움을 오래 구경하는 것도 그리 나쁘지는 않겠다고 생각했다.

자기처럼 유령들과 대화를 나누는 능력은 없지만, 미스 프랭이 결국에는 그들의 메시지를 이해할 거라고 확신한 그녀는 잠자리에 들기로 마음먹었다.

'내일은 다른 색깔의 실로 뜨개질을 해야겠어.'

잠들기 전에 그녀는 생각했다.

19

"성당에서, 그 성스러운 땅 위에서, 전 여러분에게 희생의 필요에 대해 설교했습니다. 이제 여기, 세속의 땅위에서, 전 여러분에게 순교할 각오를 다지라고 요구하는 바입니다."

신부가 말했다.

가로등이 하나밖에 없어 ─ 읍장이 선거운동을 하는 동안 내세웠던 가로등 설치 공약은 여전히 지켜지지 않고 있었다 ─ 어두컴컴한 작은 광장은 발 디딜 틈조차 없었다. 일찌감치 잠자리에 드는 게 몸에 밴 농부와 양치기들이 약간은 졸린 눈으로, 존경심과 두려움이 뒤섞인 침묵을 지키고 있었다. 신부는 모두 그를 볼 수 있도록 걸상에 올라서 있었다.

"교회는 수세기 동안 부당한 싸움을 벌인다고 비난받아왔습니다. 하지만, 사실 우리는 수많은 위협에 대항해 살아남고자 애썼을 따름입니다."

"신부님, 우린 교회 얘기가 아니라 베스코스에 관한 얘기를 들으러 이곳에 온 것입니다."

누군가가 소리쳤다.

"베스코스가 지도에서 사라질 위험에 처해 있다는 것은 제가 굳이 설명하지 않아도 여러분도 잘 알고 있을 것입니다. 그렇게 된다면, 여러분과 여러분의 땅, 가축들도 베스코스와 함께 사라질 것입니다. 전 교회에 관해 이야기하기 위해 이 자리에 선 것이 아닙니다. 하지만 전 이 자리를 빌어 여러분에게 한 가지 중요한 사실을 밝혀두고자 합니다. 오직 희생과 고행만이 우리를 구원으로 이끌 수 있다는 것입니다. 여러분에게 누군가의 희생, 모두의 고행, 그리고 마을의 구원에 관해 말씀드리고 싶습니다."

"다 거짓말일지도 모르잖아요!"

누군가가 소리쳤다.

"내일, 이방인이 우리에게 금을 보여줄 것입니다."

신부가 아직 알지 못하는 소식을 전한다는 사실이 자랑스러운 듯 읍장이 말하며 나섰다.

"미스 프랭은 혼자 책임지는 것을 꺼려하고 있습니다. 그래서 호텔 여주인이 이방인에게 금괴들을 이곳으로 가져오라고 요구했습니다. 그리고 그가 그 요구를 받아들였습니다. 우리는 금괴가 우리 것이 된다는 보장 없이는 행동하지 않을 것입니다."

발언할 기회를 잡은 읍장은 전반적인 생활환경의 개선, 어린이 놀이터 건립, 세금 감면, 그리고 공동체에 할당된 부의 분배 등 마을에 돌아올 여러 가지 혜택들을 상기시켰다.

"똑같이 분배해야 돼."

누군가가 말했다.

아무리 싫어도 타협책을 제시해야 할 순간이었다. 모든 시선이 읍장에게 쏠려 있었다. 이제 그들의 눈에 떠돌던 졸음은 씻은 듯이 사라지고 없었다.

"모두 똑같이,"

읍장이 입을 열기 전에 신부가 나섰다.

"어쨌거나 선택의 여지가 없소. 책임과 보상을 모두 공평하게 나누어 가져야 합니다. 그러지 않으면, 조만간 누군가가 시샘과 복수심으로 인해 우리의 행위를 발설하고 말 것입니다."

시샘과 복수심, 그것은 신부가 경험을 통해 잘 알고 있는 단어였다.

"누구를 희생시키죠?"

읍장은 희생양으로 베르타를 선택한 것이 여러모로 공정한 결정임을 설명했다. 그녀는 남편을 잃은 후로 힘든 나날을 보내고 있고, 이미 늙은데다가 친구도 없고 치매기마저 있어 매일 새벽부터 저녁까지 집 앞에 나와 앉아 시간을 보내고 있다. 게다가 마을의 발전에 공헌하는 바도 전혀 없다. 이 마을의 농업과 목축업에 투자할 수도 있었던 돈을 모두 먼 도시의 은행에 맡겨두어, 이득을 보는 것은 그 도시 상인들뿐이다.

이 선택에 반대해 목청을 높이는 사람은 아무도 없었다. 자신의 권위가 먹혀들었다고 생각한 읍장은 내심 크게 만족했다. 그렇지만 침묵이 반드시 동의를 뜻하는 것은 아니기 때문에, 신부는 이 만장일치가 좋은 신호일 수도 있고 나쁜 신호일 수도 있다고 생각했다. 단지 의사를 즉각 표하기가 어려워서 그러는 것일 수도 있었다. 썩 내키지 않는 제안에 묵시적으로 동의한 것을 누군가가 금방 후회할 가능성도 배제할 수 없었다. 만약 그렇다면 심각한 결과를 초래할 수도 있다.

"저는 모든 주민의 동의를 원합니다."

신부가 말했다.

"전 여러분이 이 선택에 동의하는지 안 하는지 하느님께서 들으시고 당신의 군대에 용감한 사람들이 있다는 걸 아시도록 큰 소리로 의사를 밝히길 바랍니다. 하느님을 믿지 않는 분이라 해도, 각자의 의사를 모두 알 수 있도록 큰 목소리로 찬반 의사를 밝힐 것을 저는 요구합니다."

읍장은 신부의 말에 감정이 상했다. 신부는 '우리는 요구합니다' 혹은 '읍장은 요구합니다'가 아니라 '저는 요구합니다'라고 말했다. 하지만 당장 불쾌감을 표시하지는 않았다. 권위를 각인시킬 기회는 앞으로도 얼마든지 있을 테니, 지금은 신부가 말을 끝맺도록 놔두는 편이 나았다.

"저는 여러분의 구두 동의를 원합니다."

최초의 "동의합니다"는 대장장이의 입에서 나왔다. 자신의 용기를 증명하기 위해 읍장이 서둘러 그 뒤를 따랐다. 이어 주민들 한 명 한 명이 돌아가며 동의 의사를 표명했다. 모임을 빨리 끝내고 집에 돌아가 쉬기 위해 그렇게 한 사람도 있었고, 이 마을을 당장 떠나게 해줄 수 있는 금을 염두에 두고 동의하는 사람도 있었다. 대도시에 나가 있는 자식들에게 보낼 돈을 굴려볼 생각을 하는 사람들도 있었다.

그 금이 베스코스에 과거의 영화를 되돌려줄 수 있을 거라고 믿는 사람은 아무도 없었다. 다들 자신에게 돌아와야 마땅하다고 생각하는 몫의 부를 탐하고 있을 뿐이었다.

'반대합니다' 하고 말할 용기를 가진 사람은 아무도 없었.

신부가 다시 말을 이었다.

"우리 마을에는 여자 백팔 명과 남자 백칠십삼 명이 살고 있습니다. 그리고 마을 전통에 따라 다들 사냥을 배우기 때문에 각 가정에 적어도 총 한 자루씩은 있는 줄 압니다. 내일 아침, 각자 그 무기들을 실탄 한 발과 함께 성당 제의실에 갖다놓으십시오. 읍장님은 총을 여러 자루 갖고 계시니, 저를 위해 한 자루 더 갖다주십시오."

"우린 절대 자기 무기를 남의 손에 넘기지 않아요. 총이란 것은 성스럽고, 변덕스럽고, 개인적인 물건이니까요."

밀렵 감시인이 소리쳤다.

"내 말을 마저 들으세요. 처형이 어떻게 이루어질지 설명해드리겠소. 일곱 사람이 지명될 겁니다. 그들은 사형선고를 받은 사람을 향해 총을 쏘아야 합니다. 하지만 그 일곱 자루의 총 중 적어도 하나에는 실탄과 발사음이 똑같은 공포탄이 장전될 겁니다. 공포탄을 쏜 사람이 누군지는 아무도 알 수 없습니다. 그렇기 때문에 각자 총살을 당한 희생자의 죽음을 동료들의 탓으로 돌릴 수 있습니다."

"그럼 모두 자신은 결백하다고 믿을 수 있겠군요."

그때까지 입을 다물고 있던 지주가 말했다.

"그렇습니다. 내일 제가 직접 두 자루당 한 자루에 공포탄을 장전하도록 하겠습니다. 여러분은 총을 쏘게 되더라도 희생양의 죽음에 자기는 아무 책임이 없다고 믿을 수 있을 겁니다."

대부분 피곤에 절어 있던 사람들은 광장에 번져가는 새로운 에

너지에 힘을 얻은 듯 깊은 안도의 한숨을 내쉬며 일제히 신부의 제안을 반겼다. 비극적인 기운이 순식간에 걷히고 분위기는 보물찾기 놀이로 변해갔다. 사람들은 벌써부터 모든 책임을 떨쳐버렸다는 해방감을 맛보았고, 또다시 편협한 애향심에 고무되어 이웃과의 연대감과 삶과 환경을 바꾸고자 하는 강렬한 욕망을 느꼈다. 이제 베스코스는 예기치 못한, 그리고 중대한 사건이 일어나는 그런 곳이었다.

"나에겐 운을 하늘에 맡길 권리가 없소."

신부가 말을 이었다.

"따라서 여러분에게 미리 밝혀두건대, 나는 공포탄을 쏘지도 않을 거고, 금을 나눠 가지는 데 끼지도 않을 것이오. 내가 이번 일을 하는 데는 다른 이유가 있소."

신부의 말에 읍장은 또다시 기분이 상했다. 읍장은 베스코스의 주민들에게 자신이 용기 있는 사람이고, 어떤 희생이라도 치를 각오가 되어 있는 지도자라는 사실을 각인시키기 위해 그 자리에 나와 있었다. 아내가 그 자리에 있었다면, 그가 다음 선거에 출마하기 위해 준비하고 있다고 발표했을 터였다.

'저놈의 신부, 잘도 지껄여대는군. 두고 보라지. 어떻게 해서든 이곳을 떠나게 만들 테니까.'

읍장은 속으로 생각했다.

"희생자는요?"

대장장이가 물었다.

"그녀는 출두할 겁니다. 그 일은 내가 알아서 하겠소. 남자 세 명의 도움이 필요하오. 누가 날 도와주겠소?"

신부가 물었지만, 지원자가 없었다. 신부는 건장한 남자 셋을 지목했다. 그들 중 하나가 거부하려 했지만 이웃들의 눈길에 감히 입도 열지 못했다.

"희생의식은 어디서 치르죠?"

지주가 신부에게 직접 말을 건네며 물었다.

자신의 권위가 무시되는 걸 보고 화가 난 읍장이 지주를 향해 사나운 눈길을 던지며 끼어들었다.

"결정을 내리는 건 나요. 난 베스코스의 땅이 피로 더럽혀지는 걸 원치 않소. 희생의식은 내일 이 시각, 켈트족 비석 앞에서 행해질 것이오. 모두 등과 횃불을 준비하시오. 실수가 없으려면 밝은 상태에서 희생자를 분명히 볼 수 있어야 할 테니까."

신부가 의자에서 내려왔다. 모임은 끝났다. 사람들은 이 무시무시한 저녁을 잊으려는 듯 서둘러 집으로 돌아갔다. 읍장 부인은 남편에게 베르타의 집에서 있었던 일에 대해 이야기해주었다. 호텔 여주인과 의논해본 결과, 할멈은 아무것도 모르고 있는 것이 확실하다고 그녀는 덧붙였다. 읍장 부인은 호텔 여주인과 자신이 느낀 두려움은 전혀 근거 없는 것이라고, 존재하지도 않는 저주받은 늑대를 두려워할 필요는 없다고 생각했다.

신부는 성당으로 돌아가 밤늦도록 기도를 했다.

20

 일요일에는 빵차가 오지 않는다. 샹탈은 전날 사둔 빵으로 아침을 때웠다. 그녀는 창가에 서서 베스코스의 주민들이 손에 총 한 자루씩을 들고 광장을 가로지르는 것을 보았다. 자신이 희생제물로 선택되지 않았다는 걸 모르는 그녀는 죽을 각오를 하고 기다렸다. 하지만 그녀의 방 문을 두드리는 사람은 아무도 없었다. 남자들은 성당 제의실을 향해 걸어갔고, 그곳에 들어갔다가는 몇 분 뒤 빈손으로 다시 나왔다.

 일이 어떻게 돌아가는지 몹시 궁금했다. 그녀는 호텔 여주인을 찾아갔다. 호텔 여주인은 희생양의 선택, 신부의 제안, 희생의식을 위한 준비작업 등, 전날 밤에 있었던 일을 얘기해주고, 샹탈에 대한 마을 사람들의 적대감은 사라졌으니 마음을 놓아도 좋다고 했다.

"한 가지 사실만은 말해주고 싶어. 언젠가 베스코스 주민들은 네가 그들을 위해 큰일을 해줬다는 것을 깨닫게 될 거야."

"하지만 이방인이 금괴를 넘겨주리라는 걸 어떻게 믿죠?"

"난 확신해. 그 사람이 방금 빈 배낭을 메고 나갔으니까."

샹탈은 숲에 가볼까 했지만, 베르타와 마주치고 싶지 않았다. 그녀는 자기 방으로 돌아가 간밤에 꾼 이상한 꿈을 되새겨보았다. 한 천사가 그녀에게 나타나 금괴 열한 덩이를 맡기며 잘 보관하고 있으라고 부탁했다. 샹탈은 그러려면 누군가를 죽여야 한다고 대답했다. 천사는 그런 일은 일어나지 않을 거라고, 금괴는 금이 그 자체로는 존재하지 않는다는 사실을 증명한다고 말했다.

그녀가 호텔 여주인에게 이방인의 확답을 받아두라고 말한 것은 바로 그 때문이었다. 그녀에게도 계획은 있었지만, 여태껏 모든 싸움에서 지기만 했기 때문에 그 계획을 실행에 옮겨야 할지 망설여졌다.

21

 베르타가 서산으로 저무는 해를 바라보고 있을 때, 신부가 남자 셋을 데리고 그녀의 집을 향해 오고 있는 것이 보였다. 그녀는 세 가지 이유에서 깊은 슬픔에 빠져들었다. 첫째는 자신의 종말이 다가오고 있다는 것이었고, 둘째는 뭐라고 위로라도 해주어야 할 남편이 아예 나타나지도 않기 때문이었다. 어쩌면 그녀가 퍼부어댈 말을 듣기가 두려워서, 혹은 아내가 그 지경에 처했는데도 어떻게도 할 수 없는 자신이 부끄러워서 나타나지 못하는지도 몰랐다. 셋째는 그녀가 푼푼이 모아둔 돈이 은행가들의 호주머니에 들어가고 말 것이라는 사실에 그 돈을 진작 써버리지 못한 게 후회스럽기 때문이었다.
 그나마 작은 위안이 있다면, 아직 쌀쌀하긴 하지만 햇살 좋은 날 세상을 하직한다는 사실이었다. 이렇게 아름다운 날 세상을 떠나는 특권은 아무나 누리는 게 아니다.

신부가 사람들에게 멀찍이 떨어져 있으라고 손짓하고는 혼자서 베르타에게 다가왔다.
"날씨가 정말 좋지요. 하느님께서 얼마나 위대하신지, 우리에게 얼마나 아름다운 자연을 선사하셨는지 좀 보세요."
그녀가 말했다.
'이들이 날 끌고 갈 거야. 하지만 난 세상의 모든 잘못을 이곳에 남겨두고 가야지.'
"그래도 천국보다는 못하겠지요."
신부가 침착한 어조를 유지하려고 애쓰며 대답했다.
"천국이 이처럼 아름다울지는 모르겠어요. 천국이 있는지조차 확신할 수가 없는 걸요. 신부님은 천국에 가본 적 있으세요?"
"아뇨, 아직은. 하지만 지옥에는 가봤습니다. 멀리서 보면 아주 아름다워 보이지만 끔찍한 곳이죠."
베르타는 신부가 지금 베스코스를 암시하고 있다는 것을 알아차렸다.
"그건 신부님께서 잘못 생각하신 거예요. 신부님은 여태껏 천국에 계시면서도 그걸 알지 못하신 거지요. 이 세상 사람들 대부분이 그렇죠. 그들은 가장 큰 기쁨을 발견할 곳에서 고통을 찾고 있어요. 자신에게 행복을 누릴 자격이 없다고 생각하니까요."

"요 몇 년간 큰 지혜를 얻으신 것 같습니다그려."

"요 근래 저와 이야기를 나누기 위해 찾아온 사람은 아무도 없었어요. 그런데 이상하게도 요 며칠 사이에 모두 제가 존재한다는 사실을 새삼 깨달은 것 같군요. 어제 저녁에는 황송하게도 읍장 부인과 호텔 여주인이 찾아왔고, 오늘은 신부님까지 이렇게 몸소 와주셨으니. 혹시 제가 무슨 중요한 인물이라도 된 건가요?"

"그렇습니다. 마을에서 가장 중요한 인물이 되셨지요."

"제가 무슨 큰 유산이라도 물려받게 되나요?"

"금괴 열 덩이요. 마을 사람들과 그 자손들이 대대로 당신에게 감사해할 겁니다. 당신 동상을 세울지도 몰라요."

"동상보다는 분수대를 세워줬으면 좋겠군요. 광장을 아름답게 꾸며주는데다 갈증을 풀어주고, 밤에는 나방들을 쫓을 수 있을 테니까요."

"분수대를 짓도록 하겠습니다. 약속드리죠."

베르타는 농담은 할 만큼 했으니 이제 단도직입적으로 말해야 할 때라고 판단했다.

"신부님, 전 모든 걸 알고 있어요. 당신들은 자기 목숨을 지키기 위해 싸울 힘조차 없는 죄 없는 늙은이를 죽이려 하고 있어요.

당신, 이 마을, 그리고 모든 주민들이 저주를 받을 겁니다!"

"전 이미 저주를 받았습니다. 이십 년이 넘도록 이 땅에 축복을 내리려고 애썼습니다. 그 긴 세월 동안, 사람들의 마음속에 선을 불어넣으려고 노력했어요. 하지만 아무도 제 부름에 귀기울이지 않았죠. 그러던 어느 날 전 깨달았습니다. 하느님께서, 인간들이 겁을 집어먹고 개종하도록, 그들이 저지를 수 있는 악을 가리킬 자신의 왼팔로 저를 선택하셨다는 사실을 말입니다."

베르타는 울고 싶었다. 하지만 억지로 참았다.

"아무 내용도 없는 그럴싸한 말일 뿐이군요. 하지만 세상의 냉혹함과 불의를 설명하는 한 방식은 될 수 있겠어요."

"제가 다른 사람들처럼 돈이 탐나 이러는 게 아닙니다. 전 그 금괴가 이 마을처럼 저주받은 금이며, 그것이 어느 누구에게도 행복을 가져다주지 않으리라는 사실을 잘 알고 있습니다. 하느님께서 요구하시기 때문에 이 일을 하는 겁니다. 더 정확히 말하자면, 하느님께서는 저의 기도에 대한 답변으로 그 명령을 내리셨습니다."

'말해봤자 아무 소용도 없겠어.'

신부가 주머니에서 알약통을 꺼내는 것을 보며 베르타는 생각했다.

"아무것도 못 느끼실 겁니다. 집으로 들어가십시다."

신부가 말했다.

"내가 살아 있는 한, 당신도, 이 마을의 어느 누구도 이 집 안에 발을 들여놓지 못할 거예요. 아마 오늘 밤이 끝날 무렵에는 저절로 열리겠지만 지금은 절대 안 돼요."

신부가 한 남자에게 손짓하자, 그가 플라스틱 물병을 손에 들고 다가왔다.

"이 약을 먹으면 곧 잠이 들 겁니다. 그리고 깨어나면 당신은 하늘나라에, 당신 남편 곁에 가 있을 겁니다."

"난 늘 그와 함께 있었어요. 그리고 난 불면에 시달릴 때에도 수면제를 먹어본 적이 없어요."

"그렇다면 약효가 훨씬 더 빨리 나타나겠군요."

해가 막 지려는 참이었다. 계곡과 마을에 이미 어스름이 깔리고 있었다.

"내가 거부한다면 어쩔 거예요?"

"어쨌거나 알약을 먹게 될 겁니다."

그녀는 신부를 따라온 남자들을 흘낏 쳐다보고는 저항해봤자 소용없으리라는 것을 깨달았다. 그녀는 알약을 삼키고 플라스틱 물병에 든 물을 꿀꺽꿀꺽 마셨다. 물은 맛도 색깔도 없지만 세상에서 가장 소중한 것이었다. 지금 이 순간의 그녀처럼.

그녀는 어둠에 잠긴 산들을 마지막으로 바라보았다. 저녁 하늘에 첫 별이 반짝였다. 그녀는 아름다운 삶을 살았노라고 생각했다. 자신이 태어났고 사랑했던 고향에서 이제 곧 죽을 것이다. 고향은 그녀에게 언제나 사랑을 되돌려주지는 않았지만 그건 중요하지 않았다. 대가를 바라고 사랑하는 것은 시간낭비와 다름없으니까.

그녀는 축복받은 사람이었다. 그녀는 이 고장을 떠나 다른 곳에서 살아본 적이 없었다. 하지만 이 세상 어디든 베스코스와 크게 다르지 않으리라는 사실을 잘 알고 있었다. 사랑하는 남편을 잃었지만, 하느님은 그가 죽은 후에도 그를 곁에 두고 벗삼아 살아갈 수 있는 즐거움을 베풀어주었다. 그녀는 마을이 가장 융성했던 시절을 살았고, 이어 서서히 쇠락해가는 모습도 지켜보았으며, 이제 마을이 파괴되는 모습을 보기 전에 마을을 떠날 것이다. 결점과 장점들을 지닌 사람들과 더불어 살아왔고, 비록 지금 끔찍한 일이 벌어지고 있긴 하지만, 남편이 말해준 것처럼 보이지 않는 세계에서 격렬한 전투가 벌어지고 있긴 하지만, 결국에는 인간의 선의가 승리를 거둘 거라고 그녀는 확신하고 있었다.

그녀는 신부, 읍장, 미스 프랭, 이방인, 베스코스 주민들에게 연민을 느꼈다. 모두 그 반대라고 믿고 싶어 하지만, 악은 결코 선을 가져다주지 않을 것이다. 그들은 돌이킬 수 없을 지경에 가서야 진실을 깨닫게 될 것이다.

오직 한 가지, 바다에 한 번도 가보지 못한 게 아쉬웠다. 바다가 더없이 광대하며, 평온할 때도, 미쳐 날뛸 때도 있다는 걸 알고는 있었다. 하지만 맨발로 모래를 밟으며 해변을 거닐거나 그 짭짤한 물을 맛보거나, 위대한 어머니(그녀는 켈트족이 이 용어를 즐겨 사용했다는 사실을 떠올렸다)의 뱃속, 그 차가운 물에 뛰어들어본 적은 없었다.

그것을 빼놓고는 지금 당장 죽는다 해도 아쉬울 것 하나 없었다. 물론 그녀는 슬펐다. 이렇게 떠나야 한다는 것이 무척이나 슬펐다. 하지만 처형대로 끌려가는 희생양의 모습을 보이기는 싫었다. 하느님은 분명 그 역할을 하도록 그녀를 선택했을 것이다. 그것은 신부가 맡은 역할보다는 훨씬 나은 것이었다.

서서히 손과 발에 감각이 없어지기 시작했다. 그때 신부가 말했다.

"당신에게 선과 악에 대해 말해주고 싶소."

"부질없어요. 당신은 선이 무엇인지 몰라요. 당신은 사람들이 당신에게 저지른 악에 중독되고 말았어요. 당신은 지금 이 땅에 그 페스트를 퍼뜨리고 있어요. 당신은 우릴 파괴하러 온 그 이방인과 조금도 다르지 않아요."

그녀는 이 말을 웅얼거리며 서서히 정신을 잃어갔다. 밤하늘의 별빛이 그녀에게 손짓하는 것처럼 가물거렸다. 베르타는 눈을 감았다.

22

 이방인은 욕실에서 금괴들을 깨끗이 씻은 다음 너덜너덜해진 낡은 배낭 속에 다시 집어넣었다. 이틀 전부터 무대 뒤에 머물러 있던 그는 이제 대단원을 장식하기 위해 다시 무대에 오를 준비를 하고 있었다.

 그는 주민 수가 얼마 안 되는 외딴 마을의 선택에서부터, 일이 잘못될 경우 아무도 그를 살인교사로 고발할 수 없도록 공범을 포섭하는 문제에 이르기까지 모든 것을 철저히 계획했고, 그 계획을 실행에 옮겼다. 우선 주민들과 친분을 돈독히 쌓은 다음, 이어 공포심과 혼란을 심어줘야 했다. 그는 신이 그에게 했던 것처럼, 다른 이들에게도 똑같이 할 작정이었다. 그에게 선을 베풀다가 느닷없이 심연 속으로 떨어뜨린 신처럼, 그도 똑같은 놀이를 할 작정이었다.

모든 걸 공들여 준비했지만, 한 가지만은 그로서도 어쩔 수 없었다. 그는 자신의 계획이 성공하리라고 단 한 번도 믿어본 적이 없었다. 결정적인 순간에 단 한 사람만이라도 '안 돼' 하고 외친다면, 이야기의 흐름은 완전히 바뀔 것이다. 단 한 사람이라도 범죄를 저지르길 거부하게 되면, 그것만으로도 모든 것이 끝장나지 않았음을 보여주기에 충분하리라고 확신하고 있었다. 한 사람이 마을을 구한다면, 온 세상이 구원받을 것이다. 희망이 아직 남아 있고, 선의가 승리를 거둘 수 있다. 테러리스트들은 자신들이 무슨 짓을 저질렀는지 알지 못했다. 결국 그는 그들을 용서할 것이고, 고통의 나날들은 그의 여생 내내 따라다닐 슬픈 기억에 자리를 내줄 것이다. 그러면 그는 또다시 행복을 찾아 떠날 수 있을 것이다. 그가 듣고 싶었던 그 '안 돼'라는 말의 대가로, 그가 미스 프랭과 맺은 계약과는 상관없이 마을은 금괴 열 덩이를 받을 것이다.

하지만 그의 계획은 실패로 돌아갔다. 생각을 바꾸기에는 이미 때가 늦었다.

누군가가 그의 방문을 노크했다. 호텔 여주인이었다.
"준비되셨나요? 이제 가셔야 할 시간이에요."
"곧 내려갈 테니, 바에서 기다리시오."

그는 윗도리를 걸치고 배낭을 멘 다음 방을 나섰다.

"금은 내가 가지고 있소. 하지만 내가 당신 호텔에 묵고 있다는 사실을 몇몇 사람에게 알려뒀으니 절대 허튼 짓은 하지 말기 바라오. 만약 이 마을 사람들이 생각을 바꿔 날 희생양으로 삼으려 든다면, 장담컨대 오래지 않아 경찰이 이곳에 들이닥칠 거요. 내가 전화하는 걸 엿들었을 테니, 누구보다 잘 알 거요."

호텔 여주인은 수긍의 표시로 고개를 끄덕였다.

23

 켈트족 비석은 베스코스에서 걸어서 30분 거리에 있었다. 수세기 동안 사람들은 그것이 여느 바위와 다를 바 없는 커다란 바위, 예전에는 서 있었지만 어느 날 벼락에 맞아 쓰러지고 빗물과 세월에 닳은 바위라고만 믿고 있었다. 아합은 마을 회의가 있을 때면 늘 야외에 놓인 이 자연 테이블을 즐겨 사용했다.

 정부에서 연구팀을 파견해 이 지역에 분포되어 있는 켈트족 유적들을 조사한 날까지는 그랬다. 연구원들 중 하나가 그것이 평범한 바위가 아니라 비석이라는 사실을 발견하자 곧 고고학자들이 몰려와 크기를 재고, 계산하고, 토론하고, 조사하더니 켈트족의 한 공동체가 그 일대를 성스러운 땅으로 선택했다는 결론에 도달했다. 하지만 거기서 어떤 종류의 의식을 치렀는지는 밝혀내지 못했다. 어떤 이들은 그곳이 일종의 천문대였다고 주장했고, 다른 사람들은 사제들이 풍요를 기원하며 숫처녀를 바치는 의식을 거행하던 무대였다고 장담했다. 일주일간에 걸쳐 격렬한 논쟁을 벌이고도 결론을 내리지 못한 학자들은 다른 연구를 위해 그곳을 떠났다.

읍장은 관광지 개발을 선거공약으로 내세웠다. 그는 읍장으로 당선된 후, 한 지역신문에 베스코스 주민들이 물려받은 켈트족 유산에 대한 탐방기사를 싣는 데 성공했다. 하지만 그에게는 유적지를 관광지로 조성할 자금이 없었다. 탐구심 많은 관광객이 몇몇 찾아왔으나 그들을 맞은 건 덤불 속에 쓰러져 있는 커다란 비석뿐이었다. 그들은 곧 조각과 잘 보존된 비문, 그리고 좀더 흥미로운 유적들이 있는 인근 마을들로 발길을 돌렸다. 관광지 조성 계획은 수포로 돌아갔고, 비석은 곧 본래의 기능을 되찾아 주말에 소풍 나온 사람들의 식탁으로 사용되었다.

그날 오후, 베스코스의 몇몇 집에서는 모두 똑같은 이유로 열띤 토론이, 나아가 격렬한 언쟁이 벌어졌다. 남자들은 다들 혼자 가길 원했지만, 여자들은 자신들도 희생의식에 참여해야 한다고 주장했다. 희생의식, 주민들은 자신들이 저지를 범죄를 이미 그렇게 부르고 있었다. 남자들은 오발 사고가 발생할 수도 있으니 위험하다고 말했지만, 여자들은 자신들의 권리를 존중해줄 것을 요구하며 뜻을 굽히지 않았다. 세상은 변해 있었다. 결국 남자들이 양보할 수밖에 없었다.

그리하여—이방인은 포함하고, 대충 만든 들것에 잠든 채 누워 있는 베르타를 제외한—281명의 행렬이, 281개의 등불이나 손전등으로 이어진 빛의 사슬이 숲을 향해 서서히 나아갔다. 남자들은 사고를 피하기 위해 안전장치를 잠가놓은 총을 한 자루씩 손에 들고 있었다.

나무꾼 두 사람이 끙끙대며 들것을 날랐다. 그중 하나가 속으로 생각했다.

'내려올 땐 옮기지 않아도 되니 정말 다행이야. 총탄 수백 발을 맞으면 얼마나 무겁겠어!'

생각이 여기에 이르자 속이 메슥거렸다.

'아니야. 아무것도 생각하지 말고 오로지 월요일만 생각하자.'

길을 가는 동안 입을 열거나 시선을 교환하는 사람은 아무도 없었다. 다들 가능한 한 빨리 잊어버려야 할 악몽을 꾸고 있는 것처럼 보였다. 마침내 그들은 피로보다는 긴장에 지쳐 숲속의 빈터에 도착했고, 켈트족 비석을 중심으로 반원 모양으로 섰다.

읍장이 나무꾼들에게 베르타를 들것에서 내려 비석 위에 눕히라고 손짓했다.

"아니야."

전쟁영화에서 병사들이 적의 총탄을 피하기 위해 포복하는 것을 본 적이 있는 대장장이가 소리쳤다.

"그렇게 눕혀놓으면 맞히기가 어려워."

나무꾼들은 베르타의 몸을 들어 바위에 등을 기대게 하고 바닥에 앉혔다. 역시 그것이 이상적인 자세였다. 그때 갑자기 울음 섞인 한 여자의 목소리가 들려왔다.

"우릴 보고 있어. 우리가 하는 짓을 그녀가 보고 있다구."

베르타는 아무것도 보고 있지 않았다. 하지만 잠시 후면 집중포화로 벌집이 될 얼굴에 선의를 훤히 드러내고, 입술에 가벼운 미소까지 띠고 있는 노파를 마주 보는 마음이 어찌 편하겠는가?

"그녀를 돌려 앉히게."

아무런 방어능력도 없는 희생자 앞에서 역시 마음이 불편해진 읍장이 명령했다.

나무꾼들이 투덜거리며 바위로 돌아가, 베르타의 몸을 돌려 무릎을 꿇리고 얼굴과 가슴을 바위에 기대어놓았다. 하지만 그 자세로 그대로 앉아 있게 하기가 불가능하자, 그들은 그녀의 팔을 바위 위로 들어올려 손목을 밧줄로 묶은 다음 그 밧줄을 바위 뒤로 넘겨 반대편에 고정시켰다.

불쌍한 베르타, 이제 그녀의 자세는 그야말로 그로테스크했다.

그녀는 사람들을 등진 채 바위에 이마를 대고 무릎을 꿇고 앉아 바위 위에 두 팔을 뻗은 채 마치 뭔가를 애원하며 기도를 올리는 듯했다. 누군가가 이의를 제기하려 했지만, 읍장이 이제 이 일을 끝내야 할 순간이 됐다며 그의 말을 잘랐다.

되도록 빨리 끝내는 게 나았다. 범죄를 정당화시키는 이야기 따윈 필요 없었다. 그런 것들은 그 다음날 바에서, 거리에서, 밭에서 할 수 있었다. 사람들 모두, 할멈이 의자를 내놓고 앉아 뭐라고 혼자 중얼대며 산을 바라보았던 그 문턱 앞을 두 번 다시 지나갈 용기가 나지 않으리라는 것을 알고 있었다. 하지만 마을에는 그 길 말고도 두 개의 길과 곧장 대로로 통하는 계단식의 좁은 오솔길이 있었다.

"빨리 끝냅시다!"

신부가 입을 다물고 있는 것을 보고는 자신의 권위가 다시 세워졌다고 생각한 읍장이 소리쳤다.

"계곡에 있는 누군가가 숲을 훤히 밝히는 이 불빛들을 보고 무슨 일이 있는지 확인하러 올 수도 있소. 총을 장전해 쏘고 빨리 여길 뜹시다!"

마을사람들은 자기 고장을 방어하는 충직한 병사들처럼 의무를 완수하기 위해, 아무런 의식 절차도 없이, 읍장의 명령에 따라 총을 쏠 참이었다.

그 순간 읍장은 갑자기 깨달았다. 신부의 침묵이 무엇을 뜻하는지를. 그는 함정에 빠졌다고 확신했다. 만약 나중에 이 일이 드러난다면, 모두 전쟁중 살인을 저지른 자들이 하는 말들을 되뇔 수도 있었다. 단지 명령을 따랐을 뿐이라고. 이 순간, 마을사람들의 마음속에서는 무슨 일이 벌어지고 있을까? 그들의 눈에 비친 자신은 범죄자일까, 구원자일까?

하지만 총이 장전되는 소리들이 울려 퍼지는 이 순간, 물러설 수는 없었다. 그는 순간적으로 170여 정의 총이 동시에 발사되며 벌어질 소란을, 그의 명령대로 불을 모두 끄고 황급히 마을로 돌아가는 사람들의 모습을 떠올렸다. 눈을 감고도 갈 수 있을 만큼 다들 길을 훤히 꿰고 있으니 그곳에서 꾸물거릴 이유가 없었다.

여자들은 본능적으로 뒤로 물러났고, 남자들은 바로 코앞에서 꼼짝도 않고 있는 베르타를 향해 총을 조준했다. 어린 시절부터 달리는 동물이나 나는 새를 표적으로 사격 연습을 해온 그들이 코앞의 할멈을 명중시키지 못할 리 만무했다.

읍장이 사격 명령을 내리려고 심호흡을 했다.

"잠깐!"

한 여자의 목소리가 울려 퍼졌다.

미스 프랭이었다.

"금은요? 다들 금은 봤나요?"

사내들은 방아쇠에 손가락을 걸어놓은 채 총구를 내렸다. 아니, 금을 본 사람은 아무도 없었다. 다들 이방인을 돌아보았다.

이방인은 느린 걸음걸이로 반원의 중앙에 나와 섰다. 그는 땅에 배낭을 내려놓고 금괴를 하나씩 꺼냈다.

"여기 있소."

그가 간단히 말하고는 자기 자리로 돌아갔다.

금괴 더미로 다가간 미스 프랭은 그중 하나를 집어들어 군중들에게 보여주었다.

"이건 분명 이방인이 여러분에게 약속한 금이에요. 전 여러분이 직접 금을 확인해보길 원해요. 여자 열 분이 나와서 금괴들을 모두 검사해보도록 하세요."

여자들이 나섰다가 자칫 총기 사고라도 나면 큰일이라고 생각한 읍장이 말리려고 했지만, 그의 아내를 포함한 열 명의 여자들이 미스 프랭의 요구에 따랐다. 그들은 금괴를 하나씩 집어들고 면밀히 검사했다.

"맞아요, 분명 금이에요. 정부의 검인과 일련번호, 주조날짜와 무게가 분명히 찍혀 있어요. 절대 속임수는 아니에요."

읍장 부인이 말했다.

"그럼 여기서 처형을 잠시만 중지하고 제가 하는 말을 들어보세요."

"미스 프랭, 지금은 당신 얘기나 듣고 있을 때가 아니오. 부인들은 금괴를 땅에 내려놓고 자리로 돌아가 주세요. 남자들이 하던 일을 마저 해야 하니까."

"닥쳐, 이 멍청아!"

사람들은 모두 어안이 벙벙한 표정으로 샹탈을 쳐다보았다. 베스코스의 주민 중 읍장에게 그런 식으로 말할 수 있는 사람은 아무도 없었다.

"당신 미쳤어?"

"입 닥쳐요!"

샹탈은 증오로 핏발이 선 두 눈을 부릅뜨고 온몸을 부들부들 떨며 목이 터져라 소리쳤다.

"미친 건 바로 당신이에요. 당신은 우릴 영원한 저주와 죽음으로 이끄는 함정에 빠뜨리고 말았어요! 당신은 무책임한 사람이에요!"

격분한 읍장이 그녀에게 달려들려고 했지만 남자 둘이 그를 제지했다.

"저 아가씨 말을 한번 들어봅시다. 십 분 정도 늦어진다고 어떻게 되겠소?!"

마을사람들 속에서 누군가가 말했다.

하지만 상황이 달라지고 있는 그 순간, 10분, 아니 5분이라도 모든 걸 바꿔놓을 수 있었다. 사람들은 이미 두려움과 수치심이 엄습해오는 것을, 죄책감이 번져가는 것을 느끼고 있었다. 모두 생각을 바꿀 좋은 핑곗거리를 찾고 있었는지도 몰랐다. 남자들은 이제 자기 총에 장전된 것이 실탄일 거라고 확신하고 있었고, 안 그래도 마녀라고 소문이 나 있는 그 할멈의 유령이 밤마다 자기를 괴롭히러 올까봐 두려워하고 있었다.

그리고 누군가가 입을 연다면? 만약 신부가 약속한 대로 하지 않는다면? 베스코스의 전 주민이 고발당한다면?

"딱 오 분이야."

이미 샹탈에게 주도권을 빼앗겼으면서도 짐짓 권위적인 표정을 지으며 읍장이 잘라 말했다.

"그건 내 마음이에요."

그녀는 한치도 물러서지 않기로 작정한 듯 보였다. 그녀가 냉정을 되찾은 목소리로, 그전에는 볼 수 없었던 자신감 넘치는 태도로 말을 이었다.

"하지만 안심하세요, 짧게 말할 테니까. 지금 일어나고 있는 일을 보고 있자니 정말 놀라운 일이 떠오르네요. 아합의 시대에 납을 금으로 바꾸는 특수한 가루를 가지고 있다고 뽐내던 사람들이 주기적으로 베스코스를 방문했다는 사실을 우리는 모두 알고 있어요. 그들은 자신을 연금술사라고 불렀죠. 아합이 죽이겠다고 위협하자, 그들 중 하나가 자기 말이 진실이라는 것을 증명했어요.

오늘 여러분은 그와 똑같은 일을 하기로 결정했어요. 이 앞에 놓여 있는 금을 얻기 위해 납과 피를 섞기로 한 거죠. 한편으로는 여러분이 옳아요. 하지만 이 한 가지 사실만은 분명히 알아두세요. 이 금은 여러분 손아귀에 들어오자마자 손가락 사이로 빠져 달아나버릴 거예요."

이방인은 샹탈이 무슨 말을 하려는 것인지 이해할 수가 없었다. 그는 샹탈의 얘기가 어떻게 이어질지 무척이나 궁금했다. 갑자기, 어두운 그의 영혼 한구석에서 잊혀져 있던 빛이 다시 반짝이기 시작했다.

"우리는 학교에서 미다스 왕의 전설을 배웠어요. 그는 신을 만났고, 신은 그의 소원을 모두 들어주었죠. 미다스는 이미 큰 부자였어요. 하지만 그는 재산을 더 늘리길 원했죠. 그래서 자신이 만지는 모든 것을 금으로 바꿀 수 있게 해달라고 신에게 빌었어요. 신은 그의 소원을 들어주었죠.

다들 아시겠지만, 그후로 무슨 일이 벌어졌는지 일깨워드리죠. 미다스는 가구와 왕궁, 그리고 그를 둘러싸고 있는 모든 것을 금으로 바꾸었어요. 오전 내내 그 일을 했죠. 그는 마침내 금으로 된 정원, 금으로 된 나무들, 금으로 된 층계들에 둘러싸이게 되었어요. 정오가 되자, 배가 고파서 뭘 좀 먹으려 했죠. 하지만 요리사들이 그를 위해 준비한 먹음직스러운 송아지 고기는 그의 손이 닿자마자 금으로 변해버리고 말았어요. 그제야 잘못을 깨달은 그는 절망에 빠져 도움을 청하기 위해 아내에게 달려갔죠. 그의 손이 아내의 팔을 스치자 아내는 금 조각상으로 변해버리고 말았어요. 자기도 똑같은 일을 당할까봐 겁이 난 부하와 하인들은 모두 혼비백산해서 달아나버리고 말았죠. 일주일도 채 못 되어 미다스는 금에 파묻힌 채 굶어죽고 말았어요."

"우리한테 왜 그런 얘길 하는 거지? 신이 베스코스를 방문해 우리에게 그런 능력을 주기라도 했다는 거야?"

어느새 남편 곁에 자리를 잡은 읍장 부인이 물었다.

"제가 이 이야기를 하는 이유는 아주 간단해요. 금은 그 자체로는 아무런 가치도 없다는 거예요. 아무 가치도요. 그것을 먹을 수도, 마실 수도, 가축이나 땅을 사기 위해 사용할 수도 없어요. 가치를 가진 것은 현재 통용되고 있는 화폐예요. 말해보세요. 이 금을 어떻게 현금으로 바꾸죠?

우리가 택할 수 있는 방법은 두 가지예요. 이 금괴들을 대장장이에게 녹이게 해서 이백팔십일 개의 덩이로 균등하게 나눈 다음, 각자 도시의 은행에 찾아가 현금으로 바꾸는 방법이 있겠죠. 그렇게 되면 어떨까요? 확신하건대, 당국에 즉시 신고될 거예요. 이 계곡에는 금광이 없으니까요. 베스코스의 모든 주민이 작은 금덩이 하나씩을 갖게 된 과정을 어떻게 설명하실 거죠? 켈트족이 숨겨놓은 보물을 찾았다고 둘러댈 수도 있겠죠. 하지만 감정사는 그 금이 최근에 채굴되어 주조되었다는 사실을 금방 밝혀낼 거예요. 당국의 관리들 또한 이 지역 땅 전체에 대한 탐사가 이미 있었고, 켈트족에게 그만한 양의 금이 있었다면 아마 이 지역에 대도시가 건설되었을 거라며 따지고 들 거예요."

"정말 무식하기 짝이 없는 아가씨로군. 우린 그 금괴들을 검인과 일련번호가 찍힌 그대로 은행에 가지고 가서 현금으로 바꾼 다음 나누어 가질 거야."

지주가 말했다.

"그게 바로 두번째 방법이에요. 읍장님이 직접 금괴 열 덩이를 은행으로 가져가 돈으로 바꾸는 거죠. 은행 창구 직원은 우리가 각자 작은 금괴를 가져갔다면 틀림없이 했을 질문들을 읍장님에게는 하지 않을 거예요. 읍장님은 공무원이니까 구입 증명서만을 요구하겠죠. 하지만 읍장님은 구입 증명서가 없으니, 금괴에 찍혀 있는 검인을 보여주겠죠.

그때는 우리에게 금괴를 준 사람은 이미 멀리 떠나버린 뒤겠죠. 읍장님을 잘 알고 있고 전혀 의심하지 않는다 하더라도, 거액을 지급하기 위해서는 상부의 허가를 받아야 하니까 창구 직원은 아마 읍장님에게 좀 기다려달라고 하고 지점장에게 보고할 거예요. 보고를 받은 지점장은 그 금이 어디서 난 것인지 알고 싶어하겠죠. 머리가 좋고 모든 것에 해답을 갖고 계신 읍장님은 진실을 털어놓을 거예요. 한 이방인이 우리에게 선물로 줬다고 말이죠. 하지만 지점장은 개인적으로는 읍장님의 말을 믿는다 할지라도 자신의 결정권이 제한되어 있는 만큼, 불필요한 위험을 감수하기보다는 은행 본점에 문의할 겁니다. 그런데 본점에는 읍장님을 개인적으로 아는 사람이 아무도 없어요. 막대한 현금 이동에 대해서는 일단 의심하고 보는 것이 은행의 속성이라고 들었어요. 이번에는 은행 본점에서 시간을 좀 달라고 하겠죠. 그들은 금괴의 출처를 파악하기 전에는 절대로 돈을 내주지 않을 거예요. 상상해보세요. 조사 결과, 이 금이 장물이라면? 혹은 마약상의 손을 거쳐 나온 물건이라면?"

샹탈은 잠시 말을 멈추었다. 그녀가 금괴를 손에 넣으려 처음 시도했을 때 느꼈던 공포가, 이제는 모든 이의 것으로 변하고 있었다. 한 인간의 역사는 전 인류의 역사였다.

"이 금에도 과거가 있어요. 우리가 이 금을 이런 식으로 갖는다면 심각한 결과를 초래할 수도 있어요."

미스 프랭이 결론지었다.

모든 시선이 내내 조금의 동요도 없이 사태를 지켜보고 있던 이방인에게로 쏠렸다.

"그에게 설명을 구해봤자 소용없어요. 그가 해명한다 하더라도, 범죄를 사주하는 사람의 말은 결코 믿을 수 없으니까요."

"금을 돈으로 바꿀 때까지 그를 여기 붙들어두면 어떻겠소?"

대장장이가 제안했다.

이방인이 고갯짓으로 호텔 여주인에게 신호를 보냈다.

"그를 건드리면 안 돼요. 그에겐 영향력 있는 친구가 여럿 있는 게 분명해요. 전화하는 걸 여러 번 엿들었는데, 그는 이미 비행기 좌석을 예약해놓은 상태예요. 그가 그 비행기를 타지 않고 사라진다면, 혹시 무슨 일을 당한 게 아닌가 하고 그의 친구들이 수사를 요구할 거예요."

호텔 여주인이 말했다.

"여러분은 이 죄 없는 노파를 끝내 처형하기로 할 수도 있어요."

샹탈이 덧붙였다.

"하지만 전 그것이 저 이방인이 파놓은 함정이라는 것을 잘 알기 때문에, 이 범죄에 참여하기를 거부합니다."

"아가씨가 뭘 안다고 그래?!"

지주가 소리쳤다.

"전 확신해요. 읍장님은 머지않아 감옥에 갇힐 테고, 여러분도 이 금을 훔친 죄로 모두 기소될 거예요. 전 아무 의심도 받지 않을 거예요. 하지만 이 자리에서 약속드리건대, 아무것도 발설하지 않겠어요. 전 무슨 일이 있었는지 전혀 모른다고만 말하겠어요. 게다가 읍장님은 우리가 잘 알고 있는 사람이지만, 내일 베스코스를 떠날 예정인 저 이방인은 그렇지가 않아요. 읍장님이 자진해서 모든 죄를 뒤집어쓸 수도 있겠죠. 베스코스를 지나가는 여행객의 가방을 털었노라고 말하는 것만으로 충분하죠. 그럼 범죄는 발각되지 않을 것이고, 우린 모두 그를 영웅으로 추앙하며 각자 나름대로, 하지만 금 없이 자기 삶을 살게 되겠죠."

"그래. 그렇게 하겠다고 이 자리에서 약속하지!"

아무도 미친 여자의 횡설수설에 귀를 기울이지 않을 거라고 확신한 읍장이 소리쳤다.

그 순간, 딸깍 하는 작은 소리가 들렸다. 한 사내가 노리쇠를 푼 것이다.

"날 믿어요! 모든 책임은 내가 지겠소!"

읍장이 고래고래 소리를 질러댔다.

그에 대한 답변처럼 노리쇠를 푸는 소리가 연이어 울려 퍼졌다. 사람들이 총을 쏘지 않기로 결심했다는 신호였다. 한두 번 속은 것도 아닌데, 어떻게 정치인의 헛된 약속을 믿고 살인을 저지르겠는가? 장전이 되어 있는 총은 이제 두 자루밖에 없었다. 미스 프랭을 겨누고 있는 읍장의 총과 베르타를 겨누고 있는 신부의 총.

조금 전 베르타 할멈을 불쌍히 여겼던 나무꾼이 그 두 사람에게 달려들어 총을 빼앗아버렸다.

미스 프랭이 옳았다. 다른 사람을 믿는 것은 아주 위험한 일이었다. 갑자기, 모두 그 사실을 깨달은 것처럼 보였다. 사람들이 뿔뿔이 흩어지기 시작했다.

아무 말 없이, 먼저 노인들이, 그 뒤를 이어 젊은이들이, 내일 날씨며 털을 깎아줘야 할 양, 갈아줘야 할 밭, 그리고 곧 시작될 사냥 시즌 등 평상시의 관심거리들을 떠올리려 애쓰며 마을로 발길을 돌렸다. 마치 아무 일도 없었던 것 같았다. 베스코스는 하루하루가 똑같은, 시간 속에서 길을 잃은 마을이었으니까.

모두 속으로 이번 주말은 한낱 꿈이었을 뿐이라고 중얼거렸다.

아니면 무시무시한 악몽이었거나.

24

 이제 숲속의 빈터에 남은 것은 세 사람뿐이었다. 잠든 채 비석에 밧줄로 묶여 있는 베르타, 샹탈, 그리고 이방인.
 "여기, 당신 마을 몫의 금이오."
 이방인이 말했다.
 "난 자명한 사실을 인정하지 않을 수가 없소. 이 금은 이제 내 것이 아니고, 난 기대했던 답변을 얻지 못했소."
 "우리 마을 몫이라고요? 아뇨, 그건 제 몫이에요. Y자 형태의 바위 근처에 묻혀 있는 금괴도 제 것이구요. 저와 함께 은행으로 가서 그 금괴들을 돈으로 바꿔주세요. 난 당신 말은 전혀 믿을 수가 없어요."
 "내가 당신 말대로 하지 않을 거라는 걸 당신은 잘 알고 있소.

당신이 내게 보인 혐오감은 사실 당신 자신에 대한 혐오감이니까. 당신은 이곳에서 일어난 모든 일에 대해 내게 감사해야 할 거요. 당신에게 금을 보여줌으로써, 나는 당신에게 부자가 될 가능성 이상의 것을 주었으니까. 나는 당신이 행동하지 않을 수 없게끔, 만사에 불평을 늘어놓는 것을 그만두고 책임을 받아들이지 않을 수 없게끔 만들었으니까."

"정말 훌륭한 일을 하셨군요."

샹탈이 비꼬는 투로 대꾸하고는 말을 이었다.

"처음부터 인간 본성에 대한 내 의견을 말할 수도 있었을 거예요. 베스코스가 비록 지금은 쇠락한 마을이지만 그래도 한때는 영화롭고 지혜롭던 시절이 있었죠. 내가 그걸 기억하기만 했어도 진작 당신이 찾던 답변을 줄 수도 있었어요."

베르타의 결박을 풀어주러 간 샹탈은, 그녀의 이마에서 아마 불편한 자세로 머리를 돌 위에 대고 있어서 생긴 것으로 보이는 상처를 발견했다. 하지만 그리 심각하지는 않았다. 문제는 베르타가 깨어나기를 기다리며 아침까지 그곳에 머물러 있어야만 한다는 것이었다.

"그걸 지금 말해줄 수 있겠소?"

"성 사뱅과 아합의 만남에 대해서는 이미 누군가에게 들으셨겠죠?"

"물론이오. 성인이 찾아와 그 아랍인과 잠시 대화를 나누었고, 그 아랍인은 성인의 용기가 자신의 용기보다 뛰어나다는 것을 깨닫고는 결국 개종했다고 들었소."

"맞아요. 하지만 성인이 찾아왔을 때부터, 그리고 그들이 대화하는 내내 아합이 쉴새없이 칼을 갈았다는 것을 염두에 둬야 해요. 그럼에도 사뱅은 편안하게 잠을 잤죠. 세상이 자기 자신의 반영이라고 확신한 아합은 성인에게 도전하기로 마음먹고 이렇게 물었어요.

'만약 여기에 도시에서 가장 아름다운 창녀가 갑자기 들어온다면, 그녀가 아름답지도, 매력적이지도 않다고 생각할 수 있겠소?'

성인은 대답했어요.

'아니오. 하지만 나 자신을 통제할 수는 있을 거요.'

'내가 엄청난 양의 금화를 주며 산을 떠나 우리와 함께 지내자고 제의한다 해도 그 금화들을 자갈 보듯 바라볼 수 있겠소?'

'아니오. 하지만 난 나 자신을 통제할 수 있을 거요.'

'두 사람이 당신을 만나러 왔는데, 한 사람은 당신을 경멸하고, 또 한 사람은 당신을 성인으로 우러러 받든다면, 그 둘을 똑같이 대할 수 있겠소?'

'힘들긴 하겠지만, 나 자신을 통제해 그 둘을 똑같이 대할 수 있을 거요.'"

샹탈은 잠시 말을 멈췄다.

"사람들은 이 대화가 아합을 개종시키는 데 결정적인 역할을 했다고들 해요."

샹탈의 설명을 듣지 않아도, 이방인은 이야기에 담긴 뜻을 이해할 수 있었다. 사뺑과 아합은 똑같은 본능을 가지고 있었다. 선과 악은, 지상의 모든 영혼을 정복하기 위해 싸우고 있듯이 사뺑과 아합을 정복하기 위해 싸우고 있었다. 아합은 사뺑이 자기와 똑같은 사람이라는 사실을 깨달았을 때, 자기 역시 사뺑과 똑같은 사람이라는 사실을 깨달은 것이다.

모든 것이 통제의 문제, 그리고 선택의 문제일 뿐, 다른 그 무엇도 아니었다.

25

 샹탈은 어릴 적 뛰놀던 계곡과 산, 그리고 관목숲을 바라보았다. 그녀의 입 안에, 맑은 물, 갓 수확한 신선한 채소, 집집마다 그 지방 최고의 포도로 담가 남몰래 감추어둔—관광객에게 팔거나 수출하기 위해 담근 게 아닌—포도주 맛이 느껴졌다.

 그녀가 마을로 돌아온 것은 오로지 베르타에게 작별인사를 하기 위해서였다. 도시에 잠시 다녀온 사이 엄청난 부자가 되었다는 사실을 사람들이 알아차리지 못하도록 그녀는 늘 입던 옷을 그대로 입고 있었다. 이방인이 모든 일을 맡아 했다. 그는 금의 소유권을 이전하고 금을 현금으로 환산해 미스 프랭의 구좌에 예치시키는 데 필요한 모든 서류에 서명했다.

 '저 아가씨는 이 중년 사내의 애첩이 틀림없어. 거액을 뜯어낸

걸 보면 잠자리에서 여우짓 깨나 한 모양이군.'

은행 직원은 은행 내규에 따라 공손하고 신중하게 행동했지만 참을 수 없다는 듯 남몰래 수상쩍은 눈길을 던져 샹탈을 더없이 기쁘게 만들었다.

그녀는 몇몇 주민들과 마주쳤다. 그녀가 그곳을 떠날 것이라는 사실을 아는 사람은 아무도 없었다. 그들은 마치 아무 일도 없었던 것처럼, 베스코스가 언제 악마의 방문을 받은 적이라도 있었냐는 듯 그녀에게 인사를 건넸다. 그녀 역시 그날이 자기 삶의 모든 다른 날들과 똑같다는 듯이 인사했다.

그녀는 자기 자신에 대해 발견한 모든 것으로 인해 자신이 얼마나 변했는지 모르고 있었다. 하지만 그것을 깨달을 시간은 얼마든지 있었다.

베르타는 집 앞에 나와 앉아 있었다. 악이 마을로 들어오는지 감시할 필요가 없게 된 그녀는 앞으로 무엇을 하며 지내야 할지 알 수가 없었다.

"마을사람들이 곧 나를 기리는 분수를 만들 거야. 내가 입을 다물어주는 대가로 말야. 베스코스가 곧 사라질 테니 오래 가지도 못할 거고, 많은 사람들의 목마름을 해소시켜주지도 못하겠지만 그래도 나는 만족해."

"베스코스가 곧 사라지는 건 악마의 방문 때문인가요?"

"악마가 이곳을 다녀갔기 때문이 아니라, 우리가 살고 있는 시절이 그렇잖니."

샹탈은 베르타에게 어떤 모양의 분수를 만들어달라고 했는지 물었다. 베르타는 태양으로 장식된 샘이 있고 중앙에는 물을 뿜는 두꺼비가 있는 분수대를 만들어달라고 했다고 대답했다. 태양은 베르타 자신이고, 두꺼비는 신부였다.

"난 빛에 대한 당신들의 목마름을 해소해주고 싶어요. 분수가 거기 있는 한, 난 당신들 안에 남아 있게 될 거예요."

읍장은 공사비가 많이 들 거라고 투덜거렸지만, 베르타는 뜻을 굽히지 않았다. 공사는 다음주 초에 시작될 예정이었다.

"애야, 너는 결국 내가 전에 권한 대로 하게 될 거야. 난 다른 건 몰라도 이것만은 자신 있게 말해줄 수 있단다. 삶은 짧을 수도 있고 길 수도 있지. 모든 것은 우리가 삶을 살아내는 방식에 달려 있어."

샹탈은 미소지으며 베르타를 다정하게 안아주었다. 그러고는 다시는 돌아오지 않을 작정으로 베스코스를 떠났다. 베르타가 옳았다. 살 날이 아무리 많다 하더라도 낭비할 시간은 조금도 없었다.

2000년 1월 22일 23시 58분

작가 노트

분리에 관한 최초의 이야기는 고대 페르시아에서 탄생한다. 우주를 창조한 시간의 신은 흐뭇한 눈길로 자신을 둘러싸고 있는 세상의 조화를 바라보다가 뭔가 중요한 것— 그 모든 아름다움을 함께 즐길 벗 — 이 빠졌다고 느낀다.

그래서 그는 아들을 얻으려고 천년 동안 기도를 한다. 전능하고 유일한 지고의 신인 그가 도대체 누구에게 빌었는지는 이야기에 나와 있지 않다. 어쨌거나 그는 오랜 기도 끝에 결국 수태한다.

소원을 성취했다는 것을 알게 된 바로 그 순간, 세상의 균형이란 아주 깨지기 쉬운 것이라는 사실을 알아차린 시간의 신은 아들을 원한 것을 후회하기 시작한다. 하지만 이미 때는 늦었다. 그러나 시간의 신은 그가 뱃속에 품고 있는 아들이 둘로 쪼개지도록 해달라고 거듭 애원하여 허락을 받아낸다.

전설에 따르면, 시간의 신이 드린 기도에서 오르무즈드(Ormuzd, 선善)가, 그의 후회에서 아리만(Ahriman, 악惡)이 잉태되었다. 그들은 쌍둥이 형제이다.

아무래도 걱정이 된 신은 아리만이 우주를 엉망으로 만들지 못하게 통제하도록 하기 위해 오르무즈드가 먼저 자신의 뱃속에서 나오게 한다. 하지만 교활하고 능수능란한 악은 출산의 순간 오르무즈드를 밀어젖히고 먼저 별빛을 본다.

화가 난 시간의 신은 오르무즈드에게 동맹군을 붙여주기로 마음먹는다. 아리만이 모든 것을 차지하는 것을 막고 그를 지배하기 위해 오르즈무드와 더불어 싸울 인류를 탄생시킨 것이다.

페르시아의 전설에서 선의 동맹군으로 탄생한 인류는 전통에 따라 결국 승리를 거둔다. 그리고 수세기가 지난 후 분리에 대한 또다른 이야기가 탄생한다. 인간을 악의 도구로 여기는 완전히 다른 버전의 이야기가.

지금쯤 독자들 대부분이 내가 무슨 이야기를 하고 있는지 눈치챘으리라 믿는다. 한 남자와 한 여자가 상상할 수 있는 모든 환락을 즐기며 에덴 동산에서 살고 있다. 그들에게 금지된 것은 단 한 가지밖에 없다. 그들은 선과 악이 무엇을 의미하는지 알아서는 안 된다. 전능한 신은 이렇게 말한다.

"선악의 나무에서 나는 것을 먹지 말지어다."(창세기, 2장 17절)

그러던 어느 날, 뱀이 나타나 그들에게 앎이 천국보다 더 중요하니 앎을 얻어야 한다고 부추긴다. 여자는 신이 죽음으로 위협했다고 말하며 거절한다. 하지만 뱀은 그런 일은 결코 일어나지 않을 거라고, 정반대로 그들의 눈이 열리는 날, 그들은 선과 악을 아는 신들처럼 될 거라고 그녀를 안심시킨다.

뱀에게 설득당한 이브는 결국 금단의 과일을 먹게 되고 아담에게도 한 조각 나눠준다. 바로 그 순간부터 에덴 동산의 원초적인 균형은 무너지고 만다. 아담과 이브는 저주를 받아 천국에서 쫓겨난다. 그때 신이 수수께끼 같은 말 한마디를 남긴다.

"선과 악을 알다니, 인간이 우리 중 하나가 되어버렸소!"

이 경우에도(자신이 절대신이면서도 뭔가를 얻기 위해 기도하는 시간의 신의 경우와 마찬가지로) 성경은 신이 누구에게 말을 건네는 것인지, 그가 유일신이라면 왜 "우리 중 하나"라고 말하는 것인지 설명하지 않고 있다.

어쨌거나 인류는 그 기원부터 영원히 분리된 두 대립항 사이에서 방황해야 하는 운명에 놓였다. 그리고 우리는 늘 우리 조상들과 똑같은 의심을 품고 지금, 여기에서 다시 만났다. 이 책의 목표는 이야기를 진행하면서 그와 관련된 전설들을 이용해 이 주제에 접근해보는 것이다.

『악마와 미스 프랭』으로, 나는 『피에트라 강가에서 나는 울었네』(1994)와 『베로니카, 죽기로 결심하다』(1998)로 이어지는 〈그리고 일곱번째 날……〉3부작을 마친다.

이 세 권의 책은 사랑, 죽음, 그리고 부와 권력에 갑자기 직면한 평범한 사람들에게 일주일 동안 일어나는 일을 다루고 있다. 나는 늘 개인에게나 사회에게나 심원한 변화들은 잠깐 사이에 일어난다고 믿어왔다. 전혀 예상치 못했던 순간에 삶은 우리를 난관에 봉착시켜 우리의 용기와 변화의 의지를 시험한다. 그럴 때 아무 일도 일어나지 않은 척하거나 아직 준비가 되어 있지 않다는 핑계를 대며 슬그머니 달아나는 것은 어리석은 짓이다.

도전은 기다리지 않는다. 삶은 뒤돌아보지 않는다. 일주일, 그 정도면 우리가 운명을 받아들일지 말지 결정하기에 충분한 시간이다.

2000년 8월 부에노스아이레스에서

지은이 **파울로 코엘료**
전 세계 170여 개국 88개 언어로 번역되어 3억 2천만 부가 넘는 판매를 기록한 우리 시대 가장 사랑받는 작가. 1986년 첫 작품 『순례자』를 썼고, 이듬해 『연금술사』로 세계적 작가의 반열에 올랐다. 이후 『베로니카, 죽기로 결심하다』 『11분』 『악마와 미스 프랭』 『브리다』 『알레프』 『아크라 문서』 『불륜』 『스파이』 『히피』 『아처』 『다섯번째 산』 등 발표하는 작품마다 세계적으로 엄청난 반향을 불러일으켰다. 2009년 『연금술사』로 기네스북에 '한 권의 책이 가장 많은 언어로 번역된 작가'로 기록되었다.

옮긴이 **이상해**
전문번역가. 한국외국어대학교 대학원 불어과 졸업 후 프랑스 스트라스부르 대학, 릴 대학에서 박사과정을 수료했다. 『낭만적 영혼과 꿈』 『베로니카, 죽기로 결심하다』 『지옥 만세』 『11분』 『돌의 집회』 『로맹 가리』 등을 우리말로 옮겼다.

문학동네 세계문학
악마와 미스 프랭

1판 1쇄 2003년 10월 10일 | 1판 33쇄 2022년 11월 23일

지은이 파울로 코엘료 | 옮긴이 이상해
책임편집 최정수 황문정 김지연 | 디자인 양섬문 이원경
저작권 박지영 형소진 이영은 김하림
마케팅 정민호 이숙재 박치우 한민아 이민경 안남영 왕지경 김수현 정경주
브랜딩 함유지 함근아 김희숙 고보미 박민재 박진희 정승민
제작 강신은 김동욱 임현식 | 제작처 한영문화사(인쇄) 경일제책사(제본)

펴낸곳 (주)문학동네 | 펴낸이 김소영
출판등록 1993년 10월 22일 제2003-000045호
주소 10881 경기도 파주시 회동길 210
전자우편 editor@munhak.com | 대표전화 031) 955-8888 | 팩스 031) 955-8855
문의전화 031) 955-3578(마케팅) 031) 955-2646(편집)
문학동네카페 http://cafe.naver.com/mhdn
인스타그램 @munhakdongne | 트위터 @munhakdongne
북클럽문학동네 http://bookclubmunhak.com

ISBN 89-8281-686-0 03890

잘못된 책은 구입하신 서점에서 교환해드립니다.
기타 교환 문의 031) 955-2661, 3580

www.munhak.com

> "세상은 경이로움으로 가득 차 있고,
> 인생은 매순간 그 경이로움을 만나는 모험여행이다."

연금술사

연주여행을 가기 위해 비행기에서 긴 시간을 보낼 때면 이 책을 거듭 손에 잡게 된다. 성악가로서 세계를 떠돌다보니 왜 난 이렇게 집시처럼 떠돌아다녀야 하는지 생각을 많이 했다. 그런데 『연금술사』를 읽고 나서 인생은 자아를 발견하기 위한 영원한 여행이라는 생각에 위안을 얻게 됐다. 내가 찾아 헤매던 답을 찾아준 책이라고나 할까. **조수미** (성악가)

인생에서 진정 찾고자 하는 것은 무엇인지 차분히 생각해볼 기회를 주는 책. 주인공 산티아고의 여정을 통해 그동안 잊고 지내던 인생을 살아가는 진리를 다시 한번 되새기게 된다. **한완상** (전 대한적십자사 총재)

코엘료의 책을 잔뜩 쌓아두고 읽고 싶다. **빌 클린턴** (전 미국 대통령)

학창시절, 비겁했던 나의 여고시절에 이 책을 접했더라면 얼마나 좋았을까. **추상미** (영화배우)

『연금술사』를 읽으면 자기 앞에 놓인 빈 공간을 새로운 색깔들로 채워나가고 싶은 마음이 든다. **최윤영** (아나운서)

기막히게 멋진 영혼의 모험이다. **폴 진멜** (퓰리처상 수상작가)

아름다운 문체, 결 고운 이야기, 마음을 움직이는 감동… 코엘료는 혼탁한 생의 현실 속에서도 참 자아를 지켜갈 수 있는 힘을 보여준다. **정진홍** (서울대 종교학과 명예교수)